愛のない契約結婚のはずですが、王子で公爵なダンナ様に何故か溺愛される毎日です！

佐木ささめ

✦

Illustration
すらだまみ

愛のない契約結婚のはずですが、王子で公爵なダンナ様に何故か溺愛される毎日です！

contents

第一章

エヴァ・オーウェルはこの日、ラグロフト公爵と結婚して、平民から公爵夫人になった。

なんの冗談か、はたまた新しい観劇の宣伝か、と誰もが思うシンデレラストーリーだ。エヴァ本人も、「なかなか夢から醒めないわね？」と思っていたりする。

もちろん冗談でも、観劇の宣伝でも、夢でもない。

十九歳になるエヴァの夫は、ユリストン王国第二王子、ディーン・バルフォア・ユリストン殿下だ。現在は臣籍降下したため、ディーン・ユリストン・ラグロフト公爵と名乗っている。

二十五歳で、エヴァより六つ年上。その彼と結婚式を挙げたことで、エヴァ・オーウェル・ラグロフト公爵夫人になったというわけだ。

その日の夜遅く。

初夜を迎えるために、エヴァが緊張を押し殺して夫婦の寝所で夫を待っていると、公爵閣下は新妻へ無表情で告げた。

「すまないが、君を愛することはない」

……それは今この瞬間、ここで言うセリフではないと思う。

エヴァは驚きすぎて、心の中で冷静に突っ込んでしまう。その冷静さで震え上がっていた気持ちも落ち着いた。

「えっと、それは、私をお飾りの妻にするということですか……？」

直球で尋ねてみると、夫――ディーンは眼差しを伏せて長椅子に腰を下ろした。

エヴァも話し合った方がいいと思い、寝台から彼の前にある椅子へ移り、座ることにする。

「……君を愛することはないが、幸せになってほしいと思っている。本当に申し訳ない」

元王子様が頭を下げたため、元平民のエヴァはものすごく慌ててしまう。王族は謝らないと、謝ってはいけないと教育されるのを知っていたので。

「あのっ、私に謝る必要はありません」

「そういうわけにはいかない。許されないほど不誠実なことを言っていると理解している。だから望みがあれば遠慮なく言ってくれ。可能な限り叶えよう」

不可解なことを告げられてエヴァは困ってしまう。

もともとこの貴賤結婚には事情があると察していた。なにせ彼に求婚されてから現在まで、ろくに話したこともないのだ。

婚約期間は半年に満たない程度で、王族の結婚にしてはあり得ないほど短かった。しかもその間、金銭的な配慮はされたものの、婚約者として親交を深めることはいっさいなかった。

さらに求婚の理由が、『私の理想通りの女性だから』だったものの、自分は王子様に一目惚れされるほどの絶世の美女ではない。十人並みの容姿だ。

彼と結婚する理由が一つも思いつかなかった。

——平民女と王子様の結婚って、世間ではシンデレラストーリーってもてはやされてるけど、現実はこんなものよね。

絶対に裏があると疑っていたら、やっぱりあった。

このとき胸の奥でかすかな痛みを感じたものの、全力で気づかないふりをする。

「あの、王子殿下——」

「私はもう王子でも殿下でもない」

強めの口調で発言をさえぎられた。

この国の法律では、臣籍降下した王族でも王位継承権が保有されたままになる。そのため殿下呼びは間違いにならないが、エヴァは逆らわず頭を下げた。

「失礼いたしました、公爵閣下。あの、もしよろしければご事情をお聞かせ願えるでしょうか。お飾りの妻になることは問題ありませんが、その理由を知っていた方が、閣下のお心に添えると思われますので」

「……ここは憤る（いきどお）ところじゃないのか？　女性にとっては侮辱だろう」

夫に愛されない妻など、幸せになるどころか使用人からも見下されて、つらい結婚生活をおくることになる。もしかして、その侮辱的なことを押しつけるから、貴族令嬢ではなく平民を求めたのだろうか。

とはいえ怒るほどのことではない。訳ありの結婚だろうと身構えていたし、こちらとしても婚姻によって助かっている。

「この結婚によってオーウェル侯爵家は没落を免れました。閣下には感謝こそすれ、憤ることなどありえません」

　父親の生家であるオーウェル侯爵家は、莫大な借金を抱えて破産寸前だった。なにしろ当主の叔父が、五人もの愛人を抱えて享楽に耽っていたから。

　あれほどの負債を、再出発できる程度にまで減額してくれたディーンに対し、怒ることも恨むこともない。

「私の方こそ、ずっとお礼を言いそびれていました。——オーウェル侯爵家を救っていただき、本当にありがとうございます」

　エヴァが自然な笑みを浮かべる。

　皮肉や嫌味などない、心からあふれる想いが形となった微笑に、ディーンがグッと唇を引き結んだ。視線を逸らした彼は、苦虫を百匹ぐらい噛み潰したような顔になっている。

「……礼など不要だ。ただ、事情は説明するのが礼儀だろう。君に求婚した第一の理由は、王位の継承者争いを起こさないためだ」

「王太子殿下と争わないため、ですか？」

　ディーンが苦々しげに頷く。

「私は先の国境紛争で陣頭に立ち、勝利を収めたことから、救国の英雄だと過分な称賛を受けている。それは知っているか？」

「存じておりますが、決して過分な称賛ではございません。閣下のおかげで隣国からの侵攻を防ぎ、我が国に有利な停戦条約を結ぶことができたのですから」

ディーンは首を左右にゆるく振った。まるで称賛など不要と言いたげに。

「戦で先陣を切るのは、王族として当然のことだ。……それなのに私の方が兄上より王位にふさわしいと、派閥争いをする貴族どもの口実になってしまった」

ここユリストン王国には、王位継承権を持つ直系の王子が二人いる。

第一王子は王太子として、国王の補佐を務める文官。

第二王子のディーンは騎士団を統帥する武官で、兄王子に忠誠を誓っている。

兄弟仲も良く、継承者争いなど起きる気配はなかった。

しかし隣国との国境紛争が自国の勝利で終わると、『王城で守られているだけの王太子より、勇猛果敢な弟王子こそ、国を導く王にふさわしい』との暴力的な主張が、武門貴族から発生してしまう。

それというのも騎士団の人間は、「力こそ正義！」という脳筋思考の者がそろっており、暴走しやすいのだ。

平時であればそのような主張など退けられるのだが、今は国民も隣国からの脅威を肌で感じ取ったことにより、世論が武力の強化に傾いている。

国王や議会が、そういった意見を無視できないほどに。

この情勢に調子に乗った武門貴族は、ディーンを王位につけようと策略をめぐらすようになった。

その一つが、彼の妃に身分の高い貴族令嬢を立てることだ。この背景には、兄王子の後ろ盾が弱いという理由がある。

王太子は妃に伯爵令嬢を迎えており、彼女は婚約者候補の中でもっとも身分が低い。彼女の生家は歴史はあるものの際だった資産もなく、貴族社会での影響力は高くないのだ。

「……私が高位貴族の令嬢と結婚したら、武門貴族はますます勢いづくだろう。それで奴(やつ)らが絶望するほど身分の低い女性を娶(めと)る必要があった」

なるほど！　とエヴァは思わず右手の拳で左の手のひらを打つ。

「それで閣下は平民の私に求婚されたのですね！　閣下を王位につけようとしても、元平民が王妃になるなんて貴族は誰も認めないでしょう。かなりの抑止力になりますね」

この国の宗教は離婚を認めていないのも、ディーンにとって幸いだった。

「でも閣下、平民から妻を選ばなくても、下位貴族の男爵令嬢あたりでもよかったのでは？」

「いや、私を王位に望む勢力から完全に気をくじくには、〝王子が平民と結婚する〟くらいの強いショックが必要だった」

「確かに……これほどの貴賤結婚など、王家の長い歴史の中でも初めてでしょうね」

しかし思い切ったことを考えるものだ。

王位継承者争いは、国が混乱する原因の一つとして忌避されている。まだまだ国境紛争の疲弊から完全に立ち直っていない我が国にとって、内乱は避けたいだろう。

それでも君主一族に生まれた王子様が、最下層の平民女性との結婚を決断するなんて……

王族の婚姻は政治であると分かっていても、なかなかできるものではない。

エヴァは今日から夫になった元王子を、感慨深く見つめた。

長身で精悍（せいかん）な体躯（たいく）の彼は、武人らしく身にまとうオーラも猛々（たけだけ）しい。しかし武骨という印象がないのは、その整った容姿によるものだろう。

切れ長の瞳はやや鋭いものの、スッと通った鼻筋や凛々（りり）しい唇などのパーツが完璧に整っているため、絶世の美男子にしか見えない。

――初めてお会いしたときから、男の人なのに綺麗（きれい）だなーってドキドキしたのよね。

しかも青味（あおみ）がかった黒色の髪に赤紫の瞳は、王家の人間によく現れる色彩だ。彼の容貌は、賢王と名高い現国王の若かりし頃と瓜二（うりふた）つだという。

ちなみに王太子殿下は母親似で、彼もまた美形なのだが、金髪碧眼（へきがん）で線が細い。

おそらく武門貴族の暴走は、王子たちの外見の違いも関係しているのだろう。

――分かるわ。閣下って存在そのものが〝強さ〟の象徴になってるのよね。見た目も王家そのものって感じだし。騎士たちが傾倒していったの、すごく共感できる。

感心したせいか、じぃーっと見つめすぎた。

不意に視線を上げたディーンと目が合い、彼が若干、引いている。

元王子様をじろじろ見すぎたと反省したエヴァは、ごまかすように柔らかく微笑（ほほえ）んだ。何もかもをうやむやにする〝淑女の微笑み〟は得意なので。

するとディーンが気まずげに顔を背け、わざとらしく咳払（せきばら）いした。

「……私は平民女性と結婚しようと考えたとき、臣籍降下も決めていた。王城に留（とど）まると武官が野望を捨てないのもあるし、妃が肩身の狭い思いをするだろうと」

「素晴らしいです。至高のお立場にありながら、弱者の心に寄り添えるとは」

こういう方だからこそ、武人の多くは第二王子を支持したのだろう。騎士団には貴族以外にも平民が多いので。

エヴァがうんうんと頷いていたら、ディーンが形のいい眉を寄せた。

「君、変わってるな」

「何がです？」

「何って、こんな理不尽な結婚を強いられて、私に文句の一つぐらい言いたいだろう？」

「閣下がお話しくださったことは、王族のお言葉としてふさわしいものです。臣下である私に異論はございません」

ディーンがなぜか、珍獣を見るような顔つきになった。

――あら？　何かおかしなことを言ったかしら？

エヴァがきょとんと首を傾げたら、彼は再び視線を逸らす。

「……王子は臣籍降下をする際、爵位と領地が与えられる。しかし私は領地運営の経験がなく、ずっと騎士として生きていくと思っていたから不勉強だ。領主が無能ではいずれ領地も傾くだろう。領地運営に秀でた妻が欲しかった」

「それで私が選ばれたというわけですね。納得しました」

エヴァは叔父に代わって、オーウェル侯爵領の管理をしていた。叔父と愛人たちの放蕩で傾きかけていた財政を、一時は健全化に成功したこともある。

まあ、それ以上に叔父が散財したので、結局は破産寸前になったのだが……

己の苦労が水の泡になったときのショックがぶり返してくる。

遠い目になるエヴァだったが、ディーンが、「私の子どもは王位継承権を持つことになる。申し訳ないが君に触れることはない」と続けたため正気に戻った。

「……ああ、それで先ほどの、『君を愛することはない』のセリフになるんですね」

「すまない」

「いえ、納得しました。つまりこれは契約結婚というものですね」

王太子夫妻には王女殿下が生まれているが、まだ王子殿下がいない。もし自分たちに男児が生まれたら、母親が平民でも、武門貴族が再び気勢を上げる可能性が高い。

ディーンは兄王子との継承者争いを避けるため、自身が王位にふさわしくない状況になろうとしたのだ。

臣籍降下して王城から距離を取り、平民女性を妻に迎え、子どもを作らない。そして仮初め(かりそめ)の伴侶を選ぶ際、領地運営に役立つ者を探した……

——実に合理的だわ。それにとても誠実な御方(おかた)だった。口先で丸め込むことだってできるのに、本当のことを伝えて、しかも謝ってくださるなんて。

ここで彼の誠意に応えなければ、臣下にあらず。

すくっと立ち上がったエヴァは、ディーンの足元で軽やかに跪(ひざまず)いた。ギョッと目をみはる彼に微笑み、右手を左肩辺りに添えて深く頭を下げる。

「ご事情は理解いたしました。わたくしは閣下の補佐として手足として、ラグロフト公爵領を盛り立てられるよう、精一杯努力いたします」

己の夫は、国家の安寧のために戦場で命を賭(と)して戦い、さらに自身の幸福をも擲(なげう)つ方だ。仕える主人としてふさわしいと、忠誠を誓う。

このとき頭上から、かすれた呟(つぶや)きが落ちてきた。

「――レイフ」

エヴァがその名前に驚いて顔をあげると、呆然(ぼうぜん)とした表情のディーンがこちらを凝視していた。

「閣下？」

エヴァの声で我に返ったディーンは、うろたえた様子で顔を背けると立ち上がった。

「ありがとう。そういうことだから、よろしく頼む」

早口に言い置いて寝所を出ていった。

――まだ聞きたいことがあったけど……まあ、明日でいいかな。

王子様との結婚なんてうまくいくはずがないと思っていたが、臣下として彼を支える生活なら、なんとか続けられそうだ。つまり時間はたっぷりある。

エヴァはもう眠ることにした。

ただ、夫婦の寝所を自分一人が占領することになるため、申し訳なさを抱いた。

――でも初めから初夜をするつもりがなかったなら、閣下の眠る部屋は他に用意されているわよね。

たぶんここは公爵夫妻の部屋ではなく、エヴァの私室か、客室なのだろう。

「すごい、ふかふかの寝台……。こんないい部屋で暮らせるなんて、しっかり働かなくっちゃ」

オーウェル侯爵家では使用人のあつかいだったため、これほど上等な寝台は使ったことがない。もうこれだけで幸せだ。ディーンと結婚してよかったと心から思う。……胸の奥に感じた、棘が刺さったような小さな痛みは消えていないけれど。

訳ありの求婚だとの予感はあったものの、あれほど素敵な男性に求められたら、期待するのは仕方がないだろう。

本当は心のどこかで願っていた。もしかしたら自分が気づかないうちに、彼に見初められたんじゃないかと。

「……そんなこと、あるわけないのに」

自嘲気味に呟いて寝台にもぐり込む。

結婚式で疲れていたのか、横になるとすぐに眠気が襲ってきた。ごちゃごちゃ考えると落ち込みそうなので、もう眠ってしまう方が精神的に楽だ。

意識が闇に包まれる直前、ふと、どうやって自分のような都合のいい存在を見つけたのかと不思議に思った。

普通の平民女性は領地運営に関わることなどない。

裕福な商人の娘だと高等教育を受けているものの、貴族以外は領地を持っていないから、領地運営のノウハウなんて学んでいない。

――それにさっき閣下が呟いた名前って、お父さんと同じだわ。

亡き父は国境紛争で傭兵として働き、命を落としている。ディーンはもしかしたら、戦場で父と知り合ったのかもしれない。

そう考えたのを最後に、エヴァは眠りの世界に落ちていった。

ユリストン王国は厳格な身分社会がある。

階層を大きく分けると、王族と貴族、準貴族が属する支配者層と、それ以外の平民からなる被支配者層だ。

これらは生まれた家によって階層が決まるのだが、厳密にいえば戸籍によって身分が変わってくる。

王族は王籍。

貴族、準貴族は貴族籍。

それ以外の王国民は一般戸籍に名を連ねる。

王家に子どもが生まれた場合、必ず王籍に入れるのは王国法によって定められている。

しかし貴族の家に生まれた子どもを貴族籍へ入れるには、その家の当主が国王から承認をもらわなくてはならない。

承認といっても、実際に戸籍に関わるのは王城の戸籍管理官なので、貴族の当主が入籍を認めていれば問題になることはない。

逆に両親が貴族でも、生まれた子どもを一般戸籍に入れてしまうと、その子は平民としてあつかわれる。

エヴァ・オーウェルはそういう子どもだった。

彼女はオーウェル侯爵嫡男のレイフと、ワット男爵令嬢カーラとの間に生まれた娘だ。

エヴァの両親は、身分の釣り合いが取れないことを理由に婚約を反対されて　駆け落ちして結ばれたのだった。

そのためエヴァは貴族籍に入ることができなかった。両親のどちらかが家の当主であれば国王の承認も得られたのだが、駆け落ち前の二人は令息と令嬢だった。

つまりエヴァは、出生は平民になるものの、れっきとした貴族の血を引いている。

特に父親の生家であるオーウェル侯爵家は、ユリストン王国にとって最古参の武門貴族だ。

建国から王家を守る一族で、一番初めに王族に忠誠を誓った歴史があり、〝第一の忠臣〟と呼ばれている。

代々、騎士を輩出する武門の家系のため、嫡男のレイフはかつて近衛騎士隊に所属しており、当時は王太子だった現国王の近衛を務めていた。

それに対してカーラは新興貴族の男爵令嬢。彼女の父親が叙爵したことによって成り上がった新参の貴族。

カーラの父親であるワット男爵は、オーウェル侯爵が許してくれるなら二人の結婚を認める姿勢だった。が、侯爵は絶対に許さなかった。

するとレイフは、『結婚できないなら駆け落ちしよう。うちは弟がいるから、後継ぎに問題はない』と、カーラをさらうようにして出奔し、結婚したのだった。

彼は元騎士だったので、野(や)に下ってからは傭兵業で稼いでいた。

その後、エヴァが十五歳のときに始まった国境紛争で辺境伯家に雇われ、戦地で死亡。

母親は夫の戦死のショックに倒れ、体が弱かったのもあって、夫の後を追うようにして亡くなった。

遺(のこ)されたエヴァはまだ未成年だが、こうなっては一人で生きていくしかないと覚悟を決めた。

そのとき手を差し伸べたのがオーウェル侯爵、つまり祖父だ。

彼は駆け落ちした嫡男を勘当したものの、その才覚を惜しんで、いつか家に戻ってくるのではないかと動向を探っていた。

可愛(かわい)い孫娘が生まれた辺りで、勘当を解いて息子夫婦の結婚も認めようと思っていた。しかし生粋(きっすい)の貴族でプライドが高い侯爵は、自分から譲歩するということができなかった。

そうやって素直になれずグダグダしているうちに、レイフが戦死。しかも嫁まで亡くなってしまい、慌てて孫のエヴァを引き取りにきた。

とはいえ侯爵はその頃、重い病(やまい)に侵(おか)されており、次男に家督を譲って領地で静養中だ。

そのためエヴァは叔父がいる王都の侯爵邸で暮らすことになり……すぐに後悔するはめになる。

このときの叔父は放蕩の限りを尽くし、侯爵家の財政は真っ赤に燃え上がっていた。

エヴァは叔父から、『この状況をなんとかしろ』と無茶振りされて、領地運営を手伝うという名目でこき使われたのだ。

しかしそれが巡り巡って、ディーンに求婚される理由になったのだから、人生とは不思議なものである。

……そんなことを、夢に見ていた。

己の過去を振り返るような夢になったのは、久しぶりに誰かの口から父親の名前を聞いたせいかもしれない。

だんだんと意識が鮮明になって、エヴァはゆっくりと瞼（まぶた）を持ち上げる。真っ先に見慣れない豪奢（ごうしゃ）な天蓋（てんがい）が視界に入った。

――ここ、どこだっけ?

起き上がって広い部屋を見渡せば、ぶ厚いカーテンでも防ぎきれない陽光によって、室内の様子がよく見える。

広々とした部屋にセンスよく配置された、一流の職人が手がけたと思われる美しい飴色（あめいろ）の家具。

心を慰める明るい色彩の風景画。

繊細なガラス細工をふんだんに使用したシャンデリア。

キャビネットの上には、高価な陶磁器の人形や動物が飾られている。

自分の身長より大きな振り子時計は、午前六時を指そうとしていた。

傾きかけたオーウェル侯爵家では、お目にかかることもない豪奢な調度類の数々だ。

――そっか。ラグロフト公爵邸だったわ。

エヴァはそっと寝台から降りて大きく伸びをする。初秋となる今は暑くもなく寒くもなくて、起床するにはとても気持ちいい季節だ。

さて、朝食まで何をすればいいかと少し悩む。

高位貴族の女主人は、おしなべて朝がゆっくりだ。身支度に時間がかかるので。

オーウェル侯爵家で、エヴァは領地運営のかたわらメイドの仕事もこなしていた。そのため自然と早朝に目が覚めるのだが、家事をしなくていいとは奇妙な感覚である。

それもしばらくすれば慣れるのだろう。

……慣れる前に元平民の妻は屋敷を追い出されるかもと考えていたが、それはなさそうなので。

カーテンをすべて開けると、地平線から顔を出した太陽が辺りを明るく照らしている。二階のこの部屋からは、美しい大庭園が一望できた。

今日はいい天気になりそうだ。

ふと、屋敷の端から数人の私兵が修練場へ歩いていくところが見えた。朝の鍛錬をするのかもしれない。

しばらく彼らを見ていたら、模擬剣を持ったディーンも修練場へ向かった。その後ろ姿を見ていると、昨夜覚えた胸の痛みを思い出して切なくなる。

頭を振って感傷を振り払ったエヴァは、気持ちを切り替えるために衣裳（いしょう）部屋へ向かう。部屋の隅にある大きな衣装箱の蓋（ふた）を開けた。

中から、両手を広げた程度の長さがある長方形の木箱を取り出す。

美しい文様が施されているこの箱は、決まった手順で仕掛けを動かさないと蓋が開かない。パズルが箱の鍵になっているのだ。

極東の国から持ち込まれたパズル箱は、エヴァの母方の祖父母から贈られた品だ。これに大事な品を隠していた。

――嫁入りの際、持ち物チェックをされると思っていたもの。中身を見られて騒がれたら嫌だし。大事な王子様に近づく平民女など、その王子様が選んだといっても、彼を守る者たちにしてみればうさんくさい存在でしかない。

もっとも木の箱だから、パズルが解けなくても壊してしまえば中身は確認できる。しかし王子殿下に仕えるほどの者たちなら、そのような露骨な方法は取らないだろうと予想していた。

読みは当たったようで、パズル箱を調べた痕跡はあるものの、開けられなかったとみえる。

ホッとしたエヴァは箱の面を手順通りに動かして鍵を開く。

そして中から細身の剣を取り出した。

◇　◇　◇

新ラグロフト公爵領は、かつて王領だった土地を二つ合わせてディーンに下賜(かし)されている。

これは王子が臣籍降下する際、公爵位と共に渡される領地の広さが決まっているからだ。元王族の品位をたもつため、一定量の収入を与えることになっている。

王国法に基づいた王子の権利だった。

そしてディーンはこれとは別に、騎士としての褒美がある。国境紛争で最前線に立ち、王立騎士団の総帥として指揮を執り、勝利へと導いたことによる褒賞だ。

ただ、それをまだ受け取っていない。ディーンが保留にしているせいで。

早く決めなさい、と国王からせっつかれているのもあって、剣の手合わせを終えると騎士総長から問われた。

「それで、褒美は決めましたか？」

「まだだ。これ以上領地が増えても管理が大変になるし」

「もう金でいいじゃないですか。あっても困るもんじゃないし」

「王子時代から投資に成功したおかげで十分な資産はある。それなら余剰金は国民に還元するべきだ」

「それは国が考えることで、褒美は閣下個人のものですよ。そんなこと陛下が認めませんって」

「ああ、却下された」

真面目なんだから、とぼやくブラッド・チアーズ騎士総長は、ディーンの学友兼近衛騎士だったのもあって、口調も態度も気安いし砕けている。

ブラッドは額(ひたい)から垂れ落ちる汗をタオルで拭うと、周りの騎士たちに会話が聞かれていないのを確認してから、声を潜めた。

「それで、奥様はどうでしたか？　怒り狂っていませんでした？」

エヴァとは白い結婚——夫婦生活がない契約結婚になることは、ディーンの身近にいるブラッドや上級使用人のみが知っている。

「……忠誠を誓ってもらった」

「ん？　誰が誰にです？」

「彼女が私に、忠誠を誓ってくれた」

「んんっ？　騎士ごっこをしたということですか？」

「あれは〝ごっこ〟と言えるものではない」

エヴァはオーウェル侯爵子息の娘だが、平民として生まれ育っている。きちんと調べたので間違いはない。そんな彼女に、上流階級や貴族社会のなんたるかを知る機会はない……と思っていたのだが。

初夜のとき、元王子である自分に臆することなく、けれども不敬だと感じさせない礼儀と所作をもって意見を述べる様は、高位貴族の令嬢と遜色(そんしょく)なかった。

言葉づかいや考え方も、王家のそば近くで仕える忠臣と同じだ。あのとき自分は、かつての王城の自室で、側近を相手にしているような錯覚を抱いた。

――あの高潔さは、いったいどこから来るんだ？

人の気質は生まれ持ってくるものだが、性格や人格は環境によって変化する。

支配されて生きるしかない抑圧された平民階層で、どのような教育を受けたら、支配者層への忠誠心を育てることができるのか。

「でも閣下、あの夫人はまだ全面的に信用できませんよ。中身の分からないものを持ち込んでいますからね」

「封印された箱だったな」

「あれ、どうやって開けるんでしょうねぇ。箱の表面の一部がスライドしましたから、パーツを動かして開けるんでしょうけど、皆目見当がつきません」

そこそこ重量がある怪しい木箱を夫人が持ち込んだ、と報告したのはブラッドだった。彼は木箱を改めたのだが、何をどうやっても開けられなかったと肩を落としていた。

ブラッドはラグロフト公爵家の私兵となる、私設騎士団の騎士総長になる。

本来なら軍全体を統括する立場なのだが、事務能力が高いので人材がそろうまでの間、主人の補佐官と警護を任せていた。

近衛騎士と同じ立ち位置の彼にしてみれば、他人に見られたくない物を持ち込んだ時点で、エヴァはディーンの伴侶として失格らしい。

おかげで彼女に対する警戒心を爆上げしている。

まあ、彼はこの結婚自体を反対していたので、もとからエヴァに好意的ではないのだが。

「ブラッド、何度も言うが彼女は被害者だ。政略結婚なんてしなくていい自由な身でありながら、金で買われたんだ。しかもこちらは白い結婚になることを告げず、騙し討ちをする形で式を挙げた。彼女に一片の非もない」

「だって正直に告げたら逃げられたかもしれないんでしょう？　いいじゃないですか、平民が王子様の妻で公爵夫人になるんですから。世間じゃシンデレラって言われているし、調子に乗ってもおかしくないですよ」

「調子に乗ってくれた方が、まだ気が軽くなるな」

貴族の生活は、生まれたときから享受している者でないと窮屈に感じる。これは自分が戦場に出て、平民出身の騎士や傭兵と交流するようになってから知ったことだ。

エヴァが贅沢ができると喜び、散財してくれる方が、まだ罪悪感が薄れてましだった。

しかしブラッドの方はそう思わない。

「たかだか元平民の妻に、そこまで負い目を感じなくてもいいんですよ」

不満そうに呟いているが、聞かなかったことにした。なんとなく寝所でのエヴァとのやり取りを、ブラッドに話したくなかったから。

――彼女の本質を知るのは自分だけでいい。

ここで朝の鍛錬が終了となった。

ディーンとブラッドは互いに着替えて食堂へ向かう。ブラッドは食事をとるのではなく、護衛として主人のそばに控えるのだ。

食事をしてこいと言っているのだが、彼はナイフがある場所なので夫人を監視すると主張した。

公爵邸に、ここまで明確な警戒心をエヴァに抱く者はいない。

公爵家の使用人ともなると、下女や下男はともかく、主人たちのそばに仕える上級使用人は下位貴族や準貴族が多い。ほとんどエヴァより身分が上になる。

そこでディーンはあらかじめ、元平民の女主人を侮らないよう、使用人一同にきつく言い渡していた。

『我が妻を蔑ろにする者は許さない』と。

しかしブラッドは、『奥様を蔑ろにはしません。ただ、認めないだけです』とキッパリ告げたものだから頭が痛い。

人は他人からの敵意や嫌悪を、よほど鈍くなければ敏感に感じ取る。エヴァがブラッドの反感に気づいて、どう思うだろうか……

広い食堂に入ると、女主人の席で座っていたエヴァが、音も立てず静かに立ち上がった。

「おはようございます、閣下」

柔らかい笑みを浮かべる彼女は、なめらかでまっすぐなストロベリーブロンドの髪をふんわりと結い上げ、ベージュの落ち着いたデザインのドレスを着ている。

化粧も濃すぎず薄すぎず、とても好感が持てる。

「ああ、おはよう。よく眠れただろうか」

「はい」

朝の挨拶を交わし、席に着いたときにふと思った。彼女は無駄な音を立てることがないと。

戦地で知り合った平民の騎士や傭兵は、足さばきなどの挙動ががさつで、様々な雑音を立てていた。

当時は戦場ということで気にならなかったが、貴族社会であれをやったら顰蹙（ひんしゅく）を買うどころか、社交界からはじき出されるだろう。

けれどエヴァは、立ち居振る舞いが淑女のそれなのだ。

……なぜか胸がざわざわして気持ちが落ち着かない。彼女は本当に元平民なのだろうか。

朝食が始まると、彼女のマナーは完璧だとさらに驚いた。しかも動作は自然で、必死に頑張っているとか、無理をしているといった感じはない。

公爵夫人としてふさわしいレディの姿だった。

ディーンは、周囲に控える使用人たちの表情を盗み見る。

主人の前で冷静さを失わないはずの彼らは、エヴァの所作に驚きを隠せないでいた。ブラッドなどあからさまに見すぎている。

ここでエヴァが、クスッと小さく笑った。

「これほど四方八方から見つめられると緊張しますね」

まったく緊張していない声と言葉の内容に、使用人一同が我に返るには十分だった。彼らはエヴァを観察するのと同時に、エヴァに観察されていたと悟って動揺している。

「すまない。全員下げよう」

「いいえ。彼らは閣下に忠誠を誓った者たち。私もいずれ仲間だと認めてもらいたいので、構いませんわ」

妻ではなく、臣下の一人として認めてほしいと願うエヴァに、なぜだか不安感を覚える。自分にとってとても都合がいいことなのに。

「……感謝する」

「ときに閣下。今後についてお尋ねしたいことがございますので、後ほどお時間をいただけますでしょうか」

「もちろんだ。今でもいいぞ。君は私の妻でラグロフト公爵夫人だ。この家の女主人でもある。遠慮はいらない」

「ありがとうございます。ではお伺いしますが、領地運営の補佐以外に、公爵夫人としてのお仕事はありますか?」

「いや、私の補佐で十分だ。社交はしなくていいし、心穏やかに豊かな生活を送ってほしい」

そこで口を閉じたのは、次の言葉をためらったからだ。結婚前は当然と思っていたことも、なぜか腹に力を入れないと発声できない。

「……好きな男と家庭を築いてもらっても構わない。君が屋敷を出ていっても補佐の仕事は続けてもらうが、妻として尊重するし、子どもが生まれたら養育費は出そう」

自分との間に子を望まない以上、彼女を女性として縛りつけるつもりはない。

ずっとそう思っていたのに、どうしてか彼女の目を見て告げられなかった。

数拍の間を空けて顔を上げると、目が合ったエヴァは何も言わずニコリと微笑んだ。

今のはいわゆる〝淑女の微笑み〟だ。笑顔で感情や内心を隠し、返答をはぐらかす、貴族令嬢が身につける仮面。

そういえば昨夜も同じ笑みを浮かべていた。平民でもこういう表情で、その場をやり過ごすものだろうか。

「――では本日より閣下の補佐として精進いたします。至らない点もあると思いますので、遠慮なくご指摘くださいませ」

頭を下げられたので頷くしかない。好きな男と家庭を、のくだりは完全に聞き流されてしまった。

まあ自分的にはその方がいい。

――いや、なぜいいんだ？　彼女に理不尽な結婚を強いるのだから、恋愛ぐらい自由にさせたいと思っていたのに。

モヤモヤする気持ちを気力で抑え込んでいたとき、執事が銀のトレーに手紙を乗せて近づいてきた。

「旦那様。王城からです」

「こんな朝早くに？」

嫌な予感がする。ものすごく開けたくない。……と思っても捨てるわけにはいかないので、渋々開封する。

中を見た途端、ディーンは思いっきり苦い顔になった。

それは王妃、つまり実母からの夜会の招待状だった。義娘に挨拶したいから必ず連れてくるように、と記されている。

――いつか来るとは思っていたが、結婚式の翌朝って早すぎるだろ。

王妃はエヴァとの結婚を猛反対した者の一人だ。王子と平民の結婚などとんでもないと、絶対に許さないと、手に持っていた扇をへし折っていた。おかげで新居の準備など、新生活の支度は隠れてやらなくてはいけなかったため、大変苦労した。

とはいえ国王からは結婚の許可をいただいている。君主の許しさえあれば、王妃が反対しても婚姻はできるのだ。

もっとも、王妃は挙式を阻止するためなら、教会を物理的に壊すことさえする人だ。

ディーンは王妃の横槍をかわすため、王都の小さな教会で式を挙げた。

王族の挙式は、慣例だと王城内にある大聖堂で行われる。しかしディーンは臣籍降下したのだからと、国王夫妻も王太子夫妻も招待せず、不意打ちで式を強行した。

さすがにオーウェル侯爵家には招待状を出したが、参列したのは嫡子のみ——十二歳になるブルーノ・オーウェルだけで、当主は来なかった。

ひっそりとした挙式だったものの、エヴァは仲のいい従弟（いとこ）が来てくれたことに喜んでいた。

しかしあんな寂しい結婚式は彼女だって不満だろう。この生活がもう少し落ち着いたらやり直すべきではないか。いや、契約結婚だと彼女も納得しているのだから、やり直してどうする。

「——閣下。いかがなさいましたか？」

静かな声にハッとして顔を上げると、エヴァが自分をまっすぐに見つめている。何もかもを見透かすような彼女の瞳——アクアマリンを思わせる緑がかった水色の瞳に動揺する。

あの瞳が彼女の父親を……レイフを思い出させるから。

動揺するあまり、言うべきではないことを口にしてしまった。

「王妃殿下から、君を連れて夜会に来いとのことだ」

「かしこまりました」

「いや、断るつもりだ」

「しかし閣下は臣下に下った身です。親子とはいえ王妃殿下からの正式な招待を断るなど、許されるのでしょうか」

グッと言葉に詰まる。

そう、自分はもう王族ではないのだ。頭では分かっていても、心のどこかに甘えがあった。

ディーンは招待状へ視線を落とす。

王家の紋章で封蠟（ふうろう）をしているため、これは王妃のプライベートな招待ではなく、王家が臣下に出す正式な招待状だ。

おそらく王妃も、母親として息子夫婦を招待すれば逃げられると分かっているから、王族として命じてきたのだろう。

しかしそれは、彼女がいまだにディーンの結婚に立腹している、との意味を含んでいる。

ここで招待を受けるなど、とんでもないことだ。元平民の妻を連れて行ったら、エヴァは王妃だけでなく、貴族連中からも悪意をぶつけられるだろう。しかもついさっき、『社交はしなくていい』と告げたくせに、舌の根も乾かぬうちに夜会へ誘うなど――

断りたいが断れない状況にディーンが歯噛（はが）みしたとき、エヴァと目が合った。柔らかく微笑む彼女は、特に気負った様子はない。

……本当に、レイフはどうやってこれほど肝が据わった娘を育てたのだろう。

彼女を見ていると、己の迷いが愚かに思えて心が平らかになってくる。自分が妻を守ればいいだけのことだと。

「……そうだな。王妃殿下の招待を受ける。すまないが私と一緒に参加してくれ」

「はい。準備いたします」

「招待客からあることないこと言われるだろうが、君のことは必ず守る。心配しないでくれ」

このとき泰然としていたエヴァが、照れたようにはにかんだ。それは、まだ十代の少女らしいあどけなさを感じる表情で。

……とても可愛らしいと思った。貴族令嬢にありがちな高慢さを感じさせないから、心が温かくなる。

「私も閣下の足を引っ張らないよう、最大限の努力を払います」

彼女は自分より六つも年下の庇護すべき妻。それを思えば、彼女に負い目を感じて消極的になっていた意識が一喝されるようだった。

――この子を傷つける者を許さない。

エヴァが夫に忠誠を誓ってくれたように、自分は己にそう誓った。

第二章

王城からの招待状が来てすぐ、エヴァの夜会用ドレスを仕立てることになった。

ディーンが呼び寄せたのは、王家御用達（ごようたし）のブティックだ。そこは人気デザイナーを多数抱える流行の最先端であり、流行を作り出す店でもある。

ユリストン王国は冬季が社交シーズンになるため、初秋となった今、王都には領地に戻っていた貴族たちがぞくぞくと集まっている。そのため著名なブティックは予約が埋まっており、新規のオーダーを受け付けていない。

それというのも顧客は去年の社交シーズンが終わったら、来年の予約を入れるものなのだ。顧客のドレスを仕立て終わらないと、新規のお客を取ることができない。

それなのにラグロフト公爵の名前を出した途端、オーナーがお針子たちを連れてすっ飛んできた。

「ラグロフト公爵閣下の、救国の英雄様のご依頼とあれば、何を置いても馳（は）せ参じますわ」

オーナーもお針子たちも、ディーンを心から敬愛しているのが感じられた。

彼女らは、ラグロフト公爵夫人が元平民であることを知っている。けれど蔑む気配など微塵（みじん）も出さないどころか、ディーンと同等の敬意を払ってくれるのだ。ありがたい。

エヴァにとっても尊敬する主人が慕われているのは嬉（うれ）しい。でもそれこそ、ディーンが自分との結婚を急いだ理由であるため、鉛を飲み込んだような気分に陥ってしまう。

戦勝によってディーンの英名はうなぎ上りだ。もし彼が王太子に指名されたら、国民はさぞかし喜ぶだろう。

そして第一王子派から恨みを買い、政争から内乱へと発展する可能性が膨らんでいく。権力者の宿命だと分かっていても、ディーンの心情を慮れば胸が痛い。

愛してもいない女と、それも最下層の平民と婚姻し、さらに妻を気遣う彼の気持ちは、いかがなものか……

ふとここでエヴァは、〝愛してもいない女〟と自分で表現した言葉に息苦しさを感じ、胸を手で押さえてしまう。

「――奥様？　苦しかったですか？」

オーナーのマダム・コックスが、コルセットを締めながら不安そうに見てくる。

エヴァはすぐさま手を下ろし、淑女の微笑みを顔に貼りつけた。

「いいえ、生地の色を考えていただけです。できれば公爵閣下の髪や瞳の色を取り入れたいのですが、あれは王家の色ともいえるので、どうしようかと悩んでしまって」

「まあぁっ、それは気になさらなくても大丈夫ですわ！　公爵様は臣籍降下しても、王家の尊い血を引かれる御方。その奥様が夫君の色を身にまとうのは正当な権利です。それに最近では、そのような習慣は廃れているので、わたくしは残念でならなくて」

「あら、そうだったんですか」

伴侶の色を身にまとうのは夫婦の定番であるが、ここ数年、貴族社会ではあまり流行ってないという。やはり政略結婚だと、そこまでしなくても、自分が好きな色を身に着けたいと思うらしい。よほど仲がいいカップルしかやらないと聞いて、ディーンとの仲をアピールするにはちょうどいいと思った。

「ドレスに公爵様の御髪の色は難しいので、瞳のお色を使いましょうか」

「嬉しいわ。でも瞳のお色をそのまま生地にしたら、派手よね……」

意志の強そうな赤紫の瞳を思い浮かべて、かなり迷ってしまう。

「それでしたら、もうちょっと淡い色合いで生地を染めましょう。ピンクに近い感じになりますが、公爵様の瞳のお色だと分かりますわ」

「じゃあ、それでお願いするわ」

マダムはてきぱきとお針子たちに指示を出し、エヴァの要望を聞きながら、生地の種類や色、デザインをどんどん決めていく。

高位貴族の貴婦人のドレスは、フルオーダーメイドが基本で時間がかかる。王妃殿下の夜会まで二ヶ月しか猶予がないため、料金を上乗せして大急ぎで仕立てることになった。

まあ、二ヶ月の猶予がもらえただけマシだ。『明日、王城に来い』と言われたら詰んでいた。

――王妃様的には、すぐに顔を見せろと言いたかったのだろうけど。

王妃殿下は毎日のように公務があるし、招待客となる貴族も社交シーズン中は予定がぎっしり詰まっている。

色々と調整した結果、二ヶ月後に落ち着いたのだろう。

とはいえ単にお茶を飲むだけというなら、数日後でも時間は捻出できたはず。それをわざわざ〝夜会〟に指定しているあたり、嫁いびりの思惑が透けて見えた。

ディーンも言っていたではないか、招待客からあることないこと言われるだろうと。

針の筵に座る覚悟をしておいた方がいい。

だからこそディーンは、女性の戦闘服となる豪奢なドレスを作り、妻を武装させようと考えたのかもしれない。

それだけでなく、彼は妻にウェディングドレスさえも贈っていないからと、デイドレスや乗馬服などの、日常で必要なものも一緒に作りなさいと告げた。

ウェディングドレスは、母方の祖母のドレスをリメイクしたのだ。ディーンはお金を出してくれたものの、一から仕立てるには時間がなかったから。

先日、そのことを説明してドレス代を返したところ、ディーンが形容しがたい表情を見せたので少し驚いた。悲しみや怒りや不安といった、負の感情をない交ぜにしたような表情だったから。

一度受け取ったお金を返すのは失礼かと後悔したものの、ドレス代はかなりの金額だったため、着服するわけにはいかない。

うーん、とエヴァは小さく悩みつつ、デイドレスのデザイン画集をパラパラとめくる。

こちらは屋敷の中で着る日常のドレスなので、フルオーダーでなくても、既製品のサイズオーダーで十分だ。

なんとなく、こうしてデザイン画を見ていると過去を思い出す。母方の祖父母――ワット男爵夫妻には、よくオーダードレスを作ってもらった。

エヴァの両親は結婚の許しを得られず駆け落ちしたものの、ワット男爵は娘夫婦を咎めなかった。彼としては、娘の恋人が名門オーウェル侯爵家の子息だったうえ、娘のカーラは跡取りでもないので、結婚に賛成していた。

ただ、当時はオーウェル侯爵が嫡男の駆け落ちに怒り狂っていたから、侯爵に配慮し、後に生まれたエヴァを貴族籍へ入れなかった。

それでもたいそう可愛がってくれた記憶がある。

彼らはエヴァを、オーウェル侯爵家の血筋に連なる者としてとらえていた。

オーウェル侯爵家はただの武門貴族ではない。〝第一の忠臣〟とは、君主の信頼を最初に授かった一族だからこその、誉れある称号だ。

貴族の中でも別格の名門貴族。

その血脈を受け継ぐ孫娘を、彼らはただの平民として育てることなどできなかった。

高位貴族の令嬢と遜色ない教育や、貴族社会の渡り方、淑女としてのたしなみなど、多くの知識と教養を授けてくれた。

――本当にありがたいことだわ。おかげで元王子様と結婚しても、恥をかかなくて済むのだから。

しかし高等教育を受けて、成績がずばぬけて優秀だったからこそ、父親の弟――現オーウェル侯爵に目をつけられた。

両親の死亡後、父方の祖父は善意でエヴァを引き取ってくれたが、叔父はそうではなかった。

武門の家は、おしなべて領地運営が苦手なところがある。

叔父も爵位を継承した直後は真面目に領主をやっていたらしいが、分家や寄子(よりこ)となる貴族、そして領民や商人との人間関係でつまづき、不勉強で数字が苦手だったのもあって、数年後には仕事を放り投げてしまった。


少しずつ堕落への道をたどり、執事にすべてを押し付けて遊び始めたという。

さすがに財政がひっ迫して遊ぶ金がなくなったため、孤児となったエヴァに領地運営を命じたのだ。

エヴァは叔父の思惑に気づいていたが、悩んだ末に使役される道を選んだ。侯爵領には病に倒れた祖父が暮らしており、彼の生活を守りたかったのが大きい。


嫡男の駆け落ちを認めなかった祖父だが、そのことをずっと悔やんでいた。そして息子の戦死を嘆き、それでも国のために散ったことを誇りに思っていた。

ただただ、素直になれない人だ。

何よりオーウェル領は、父が守るはずだった領地でもある。

祖父の余生と、父親が愛した故郷を守りたいとの気持ちから、侯爵家で働くことにした。

それから数年後、突然この国の第二王子から求婚された。王家からの縁談を断ることもできず、叔父も支度金という名の莫大な援助に目がくらみ、姪(めい)を手放すことにした——。


なかなか波乱万丈な人生だわ、とエヴァは小さく苦笑する。

正直なところ両親が亡くなったとき、真っ先に『うちの子にならないか』と声をかけてくれたワット男爵のもとに行きたかった。しかしオーウェル侯爵家が手を差し伸べたなら、男爵家がしゃしゃり出るわけにはいかなかったから……

「――お疲れですか、奥様」

ぼんやりしていたら、マダム・コックスが声をかけてきた。

追憶を振り切ったエヴァは、微笑んで首を左右に振った。

やがて服飾関連のすべてを決めると、ブティック一行はトルソーや布などの大荷物を抱えて去っていった。

エヴァはエントランスまで彼女らを見送り、馬車が遠くの正門を出たところで当主の執務室へ向かう。

ノックをすると内側から扉が開いた。

「ありがとうございます、チアーズ総長」

開けてくれたのは、ディーンの護衛でもあるブラッド・チアーズ騎士総長だ。

ラグロフト公爵家の私設騎士団の長でありながら、主人の護衛を務め、補佐の仕事も請け負う忠実なる臣下。

ラグロフト公爵家は、前身が王領だったため私兵は存在しない。領内の治安維持は王立騎士団が担(にな)っていたのだ。ディーンが公爵位と領地を賜った後は、早急に屋敷と土地を守る私設軍を組織しなくてはならない。

そのため王立騎士団で私兵の募集をしたところ、ディーンと運命を共にすると手を挙げた騎士が山といたため、瞬く間に定員に達したという。

その筆頭が、目の前にいる仏頂面のブラッド・チアーズだ。あいかわらず『元平民が気に入らない』と顔に書いてある。

その分かりやすい様子に、エヴァは思わず噴き出してしまった。

「……なんで笑うんです？」

「いえ。私の存在が不本意だって顔に書いてあるから」

ブラッドは指摘されたことが気に入らなかったのか、手で顔をごしごしと乱暴に撫でて無表情になる。

「大変失礼しました、公爵夫人」

丁寧な態度であるが、嫌々謝ったという心情が隠しきれていない。

――この人、私のこと絶対に「奥様」って呼ばないのよね。

「いえ、チアーズ総長の信頼をいただけないのは、こちらの落ち度ですわ。早く閣下を支える仲間だと認めていただけるよう、私が頑張ればいいことです」

ニコッと微笑むと彼は複雑そうな顔つきになった。

ブラッドが体を引いたので室内に足を踏み入れると、ディーンの姿が見当たらない。執事に伝言があったので、相手を呼び出すのではなく、気晴らしを兼ねて自ら出向いたという。

――フットワークの軽い方だわ。

というか、事務仕事より体を動かしている方が好きなのだろう。まだ彼と結婚して一週間ほどしかたってないが、なんとなく気づいていた。

エヴァは自分用のデスクの椅子に腰を下ろし、同僚ともいえるブラッドに声をかけた。

「チアーズ総長は、閣下の近衛騎士を務めていらしたと聞いております」

ディーンの補佐官でもあるブラッドとは、一日のほぼ大半をこの執務室で一緒に過ごしている。少しずつ険悪な空気を穏やかにしてほしいところだ。

「近衛は身分のある方しかなれないそうですね。チアーズ総長は名のある貴族の令息でいらっしゃるのですか？」

ブラッドに無視されることも考え、話しながら手紙のチェックをする。

待ち望んだ相手からの封筒があったため、嬉々としてペーパーナイフで封を開けると、声をかけられた。

「なんでそんなことを聞くんです？」

「同じ閣下の部下として、親交を深めようと思いまして。それには相手を知るのが第一歩かと」

手紙に目を通すと、大変嬉しいことが記してあった、口元がゆるむのを感じる。

「……何を企んでいるんです？」

「この執務室は広いですが、気詰まりな相手が常にいては心が休まらないでしょう？　解消のお手伝いになればと」

手紙を丁寧に封筒に戻してブラッドを見れば、彼は引きつった笑みを浮かべている。

「それは俺のセリフじゃないですか？　その言い方だと、俺が夫人を気詰まりだと思っているようだ」

エヴァはニコッと淑女の微笑みを浮かべておいた。

ブラッドは貴族の生まれにしては感情が顔に出やすいけれど、こちらは表情筋を鍛えているので、心の内を読ませることなどしない。

やんわりと微笑むエヴァの胸中を推し量れないのか、ブラッドは忌々しそうに舌打ちをしている。不承不承といった体で口を開いた。

「俺はマードック伯爵家の出身です。けど三男坊で自立する必要があったんで、騎士になりました」

後に第二王子の近衛騎士に抜擢され、国境紛争に付き従い、王子を守り抜いた功績でチアーズ子爵位を賜ったと彼は語った。

「まあ、国境紛争に従軍されたのですか。私を含む王国民がこうして幸せに暮らせるのも、騎士の方々が命をかけて戦ってくださったおかげです。――チアーズ卿に心からの感謝と敬意を」

両手の指を組み、祈りと感謝を捧げつつ頭を下げる。

隣国の侵攻を防げなかったら、この国はひどい状況になっただろう。それを思うだけで感服する。

エヴァが顔を上げると、いつの間にかデスクの前にブラッドが立っていた。

「……あなたは、閣下の妻になりたいと思わないのですか？」

「私はすでに閣下の妻でラグロフト公爵夫人です」

「そうじゃなくて……今の状況は夫人にとって不愉快でしょう」

「いいえ。閣下はこの国のために御身を犠牲にして尽くす御方。閣下をそばで支えることは誉れだと思っております」

本当に、なぜ王族に生まれただけで、人生を国に捧げないといけないのだろう。戦場から生きて帰ってこれたのだから、もう自分の幸福を求めても許されると思うのに。

結婚ぐらい好きな女性としてほしいのに。

──閣下は今まで、愛した女性はいらっしゃらなかったのかしら？

いや、寵愛した女性の一人や二人ぐらいはいただろう。彼の年齢ならば当たり前だ。

そう考えた直後、胸の奥で痛みと不快感を覚えた。けれどブラッドに気づかれたくなかったので、細く長い息を吐くことで疼痛を散らしておく。

初夜で感じた棘のような小さな痛みは、日を追うごとに少しずつ大きくなっている。それでもやはり気づかないふりをした。

この感情と真正面から向き合ったら、まずいことになると本能が警告してくるから。

けれど淑女の微笑みが続けられなくて、視線をデスクの板面に落とす。

このときノックもなくドアが開き、ディーンが入ってきた。彼は妻と部下を目に留めると、眉根を寄せて近づいてくる。

立ち上がったエヴァの腰を抱き寄せた。

「表情が暗いな。しかも顔色が悪い」

「え……」

「──ブラッド。彼女に何を言った」

なぜかディーンが部下を睨んでいる。

目を丸くするブラッドが慌てだした。

「怪しいことなんかしてませんって！　閣下だってあり得ないって分かってるでしょ⁉」

それでもディーンは猛烈に不機嫌そうだ。

彼がここまで機嫌が悪い姿を見たことがないため、エヴァは困惑する。

「あの、閣下？」

彼の視線がエヴァに向けられる。

赤紫の美しい瞳がまっすぐに射貫いてくるから、エヴァは心が吸い取られるような気持ちになった。胸が高鳴って、先ほどまで感じていた痛みが綺麗に消えていく。

「ブラッドに責められてはいないか？」

「いえ、まったく、ないです……」

彼との距離が近い。決して嫌ではないのだが、ドキドキしすぎて顔が赤くなっていそうで恥ずかしいから、手を離してほしいのだけれど。

――あっ、もしかしてこういう接触はよくあるのかしら。これだけ美形な王子様なら令嬢からモテたでしょうし、経験値が高いとボディタッチに抵抗がないとか？

困惑が落ち着いてきたエヴァは、剥がれ落ちた淑女の笑みを再び貼りつけた。

「それよりも閣下。ドレスをありがとうございます」

「気に入ったものは作れただろうか」

「はい。出来上がりましたら、真っ先に閣下にお見せしますね」

「ああ、楽しみにしている」

ディーンが目を細めて柔らかい微笑を浮かべる。

彼の美しい容姿にだいぶ見慣れてきたが、こうして微笑まれるとエヴァはさらにときめいて、口から心臓が飛び出そうな気分になる。

——王子様のリップサービスがすごい。こんな会話だけでも、『私って愛されているかも？』と、うぬぼれそうになっちゃう。

視界の端でブラッドが目を剥いているが、私は思い上がることはないので大丈夫です、と心の中で語りかけておく。

「閣下、例の者から返事がきました。召致に応じるとのことです」

エヴァはディーンへ、かつてオーウェル侯爵家で雇われていた代官を招きたい、と提案していた。

代官とは、領主に代わって村や町をまとめ、税を徴収する地方行政官のことだ。領地が小さければ必要ないが、領主一人では管理しきれない広さだと、数名の代官を任命する。

歴史ある貴族の領地では代官も世襲で、分家や寄子などの下位貴族、準貴族に任せることが多い。学がある平民を雇ったりもする。

ラグロフト領は王領だった頃、王城の執政官と徴税官が管理運営を担っていた。

彼らは引き継ぎがあるため半年ほどは残ってくれるが、それまでに新たな代官を任じなければならない。

……一応、王城から代官候補だけでなく、補佐官候補も何名か送られてきた。しかし全員が全員、エヴァを元平民とあからさまに見下したため、ディーンが激怒して屋敷から叩(たた)き出したのだ。

エヴァが紹介した元代官は、歴代のオーウェル侯爵に仕えてきた一族だ。

叔父の放蕩を諫(いさ)めたことでクビになったものの、とても有能な人であり、エヴァはこの人から領地運営や管理について習っていた。

「そうか。早い返事で助かったな」

「さっそく呼び寄せましょう。人脈もあるから他にいい人材を紹介してくれるかもしれません」

グッと拳を握り締めたエヴァは、さっそく手紙の返事を書き始めた。

ディーンも仕事の続きに取りかかる。

二人を呆然と眺めていたブラッドは、のろのろと補佐官の席に着くと、「なんで俺が睨まれるんだ？」と納得いかない表情で呟いていた。

数日後、元オーウェル侯爵領の代官、ハリー・ミラーが公爵邸に到着した。彼は準男爵位を持つ貴族で、先祖にオーウェル侯爵家の血縁者がいる、エヴァの遠い親戚でもあった。

ミラーはディーンと執事の面接に合格して雇用されると、野に下った元文官や、民間学校の教師など、有能な人材を何人か紹介してくれた。

誰もがディーンを心から慕って忠誠を誓うので、ラグロフト領の統治問題は早急に解決へと進み始めた。

その間、ブラッドも私設軍を組織化した。

主人一家の身辺警護、公爵邸の警邏（けいら）、領内の治安維持、書記や法務などの軍務管理、といったいくつかの隊を編成している。

結婚式から一ヶ月後には、ラグロフト公爵による〝ラグロフトの騎士〟として叙任式も終え、正式な私設騎士団が発足した。これだけ短期間で私設軍を立ち上げられたのは、団員が元国軍の騎士で、初めから統率が取れていたからに他ならない。

発足式の夜は、騎士団員を集めたパーティーとなった。

騎士団は完全な男所帯になるため、エヴァは最初の乾杯をして団員からの挨拶を受けた後は、ディーンが守るように大ホールから連れ出した。

「私は朝まで離れられないと思うから、先に休みなさい」

そう告げて騎士たちが騒ぐ大ホールに戻っていく。

お疲れ様です、とエヴァは主人の背中に頭を下げた。


翌朝、食堂にディーンは現れなかった。まだ寝ているのかもしれない。

互いに仕事で食事時間がずれることはあれども、朝は必ず一緒だったので、結婚してから一人で朝食を食べるのは初めてだ。

いつもと変わらずおいしいものの、広い食堂の大きなテーブルでぽつんと食べるのは、やはり味気なかった。

朝食後に執務室へ向かうと、驚いたことにディーンが長椅子に横たわっている。しかも補佐官デスクにはブラッドが突っ伏していた。二人とも昨日の服のままなので、寝ることなくここへ来たのかもしれない。

そして室内が酒臭い。エヴァが窓を空けて換気をすると、ブラッドがのろのろと頭を持ち上げて目を向けてきた。

「おはようございます、夫人……」

二日酔いなのか、ものすごく顔色が悪い。

「おはようございます。朝まで飲んでいらしたのですか？」

「はい……」

やはり眠ることはできなかったようだ。

ちょっと待っててください、とエヴァは言い置いて庭に出る。フレッシュミントを摘(つ)んで厨房(キッチン)へ向かった。

公爵邸は百名以上の客人を収容できる屋敷なので、キッチンがとにかく広い。なので隅っこの水場を借りることにした。

領主夫人の登場に使用人たちはざわめいている。が、エヴァは手を止める必要はないと告げてレモンをスライスした。

キッチンメイドが指を切らないかハラハラしていたが、両親と暮らしていた頃は料理を作っていたし、オーウェル侯爵家では料理人（コック）の補佐としてレシピも教えてもらっていた。

エヴァは大きめのピッチャーに、浄化水とレモンスライス、洗ったミント、氷室（ひむろ）から持ってきた氷を加えてよく冷やす。

それと、水を張った洗面器に薄手のタオルを沈め、ピッチャーと共にワゴンに乗せて執務室へ戻った。

ふらふらしているブラッドにミントレモン水を渡す。

爽やかな香りに目をみはる彼は、冷水を一気に飲み干した。

「ふはぁっ。コレめちゃくちゃ旨（うま）いですね……っ」

「ありがとうございます。上官は宴会の途中で抜けられないから、大変ですね」

このとき背中に視線を感じて振り向けば、目が覚めたのかディーンがこちらを見つめている。

エヴァは主人に近づき、長椅子の脇で床に両膝をついた。

「閣下、失礼しますね」

固く絞ったタオルで彼の顔をそっと拭（ふ）く。酒精で体温が上がっているのか、汗をかいて暑そうに見えたのだ。

ただ、布越しとはいえ、端整な顔に触れていると胸が高鳴ってくる。

――こうして間近で見ると本当に素敵。しかも優しくて誠実で……この方が夫だなんて、契約結婚だとしても私の運がよすぎるのでは？

ドキドキしながら、なんとか平静を装って事務的に汗をぬぐった。

ディーンは目を閉じて気持ちよさそうに息を吐いている。

「すまない……」

「いえ。父も傭兵仲間と飲みすぎては、母にこうされていましたから」

「……そうか」

「お水を飲んでいただきたいのですが、起きられますか？」

ディーンが上半身を起こしてくれたので、グラスにミントレモン水を注いで渡す。彼は立て続けに三杯の冷水を飲み、だいぶ落ち着いた様子だった。

「本日は急ぎの書類もありませんので、お部屋で休まれてはいかがでしょうか」

「いや、もうしばらくすれば回復する。ありがとう」

そう告げて再び横になり、目を閉じている。

エヴァはそっと離れて自席に着いた。なるべく音を立てないよう、ディーン宛のお茶会や夜会の招待状をチェックする。

これらは毎日のように届けられているが、すべて不参加とディーンは決めている。彼はユリストン王国の筆頭貴族になるため、全部断っても問題はないのだ。

そして驚いたことに、これらの手紙を開封し、返事をするのはエヴァに任せられていた。

ディーンの補佐をし始めた当初、主人宛の封筒を勝手に開けてもいいのかと慌てた。けれど軍関係の招待状は、執事があらかじめ抜き取ってディーンが返事を書いているという。

それ以外の送り主は、彼にとって有象無象（うぞうむぞう）というわけだ。

まあ、代筆は得意なので構わない。エヴァは男性的な力強い文字も書けたりする。オーウェル侯爵領で叔父に代わって書類を書いていたため、侯爵の筆跡をまねる必要があったから。

——今日はいつにもまして多いわ。ラグロフト騎士団の発足を祝うカードがもう混じっている。祝いの品も届いているし、返事だけで一日が終わりそう。

やれやれと思いつつ、エヴァは差出人と招待状の内容、いただいた品などの項目をリスト化していく。

その途中、やや派手な招待状に手が止まった。眉をひそめたのは、開ける前から香水が漂ってきたせいだ。

差出人は、ドーソン侯爵夫人という既婚女性。

……なんとなく嫌な予感がする。

おそるおそる開封した途端、むわっとバラの香りが立ち上った。香水を使いすぎじゃないだろうか。

しかも二つ折りのカードには、キスマークがべったりとついている。文言も、色香があふれる誘い文句が連なっていた。

——こういうの、私に開封させないでほしい。契約結婚の妻でも、不愉快な気持ちになるんだから。

エヴァはイラッとする感情を抑え込み、淑女の笑みを浮かべてブラッドに問いかけた。

「チアーズ総長。こちらは私が返信を書いても大丈夫な方でしょうか？」

「あー、どなたでしょうか……」

「アマンダ・ドーソン侯爵夫人からです」

数拍の間を空けて、ブラッドが椅子を倒す勢いで立ち上がった。顔色の悪かった顔面が、さらに青白くなっている。

しかも動揺も露わに、視線がディーンとエヴァの間をうろついているのだ。

この態度と露骨すぎるカードでピンときた。

「閣下の恋人ですか？」

「ちがっ……！」

甲高い声を漏らした直後、自分の口を両手で勢いよく塞いでいる。ディーンへ目を向けるが彼の瞼は閉じたままだ。

エヴァは肩をすくめた。

「私と閣下は白い結婚なので、お気になさらないでください。それに殿方は適度に遊ばないと、心身共に不調になると聞いたことがありますし」

「いや、その……」

「ただ、閣下もお相手の女性も既婚者なので、おおっぴらな交際はおすすめしません。社交界に顔を出さないといえども、噂が広まればお二方の名誉に傷がつきますし」

「あの、閣下に限って、そういうことはないんで……」

「そうですか。でも屋敷にこもってばかりでは気詰まりでしょう。たまには娼館を利用してはいかがでしょうか。閣下はお子を望んでいませんが、ああいった場所は対策をしっかりしていると聞きますから」

話しているうちに気分が悪くなってきた。

こんなことを言いたくないのに、胸の奥がモヤモヤして気持ち悪くて、不愉快の塊を吐き出したくて言葉が止まらない。

それでも鉄壁の笑顔を崩さないでいれば、ブラッドが多量の汗をかき始めた。

「……夫人は、そういうの誰に聞いたんです？」

「そういうのとは？」

「男は適度に遊ぶとか、娼館とか……」

「父の傭兵仲間です」

父親が組織した傭兵団の仲間は、悪い人たちではないものの、酒が入ると卑猥（ひわい）なことを漏らしてしまうのだ。

自宅で仲間を招いての宴会だと、公爵邸ほど広い家ではなかったため、エヴァの耳に入ってしまうこともある。

このとき扉がノックされて、執事がエヴァを呼びにきた。マダム・コックスが衣装を持って訪れたとのこと。

エヴァはちょうどいいとばかりに、執務室から出ていった。

放心するブラッドを残して扉が閉まった途端、ディーンが緩慢な動きで起き上がった。

ブラッドはぎくりと身を竦ませる。このタイミングで起きたということは、主人は眠ってなどいなかったのではないか。

彼を見れば、整った容貌から完全に表情が抜け落ちている。無表情とも言えるのだが、長年ディーンに付き従っているブラッドには分かる。

――これはものすごく怒ってる。不機嫌とかそういうレベルじゃねぇ。

立ち上がったディーンがエヴァのデスクへ向かい、ドーソン侯爵夫人からの招待状を手に取ると、無言でビリビリ破りだした。

しかも何度も紙を引き裂いて細かくしている。

ブラッドはディーンの執念深い手つきに、侯爵夫人を細切れにしているイメージが脳裏に浮かんで、戦慄を覚えた。

己の主人は敵を排除するとき、策を弄する場合もあるが、武人だけあって大体は物理で首を斬り落としてしまうのだ。

恐れのあまり動揺しすぎて、言葉の選択を間違えた。

「えっと、奥様の許しもいただいたので、気晴らしにパァーッと遊びに行きます？　――ヒッ！」

こちらへ向ける主人の眼光があまりにも鋭くて、射貫かれたブラッドは心臓辺りを手で押さえる。剣で刺されたかのような痛みを本気で覚えたのだ。

「――ブラッド」

「はいっ！」

「次にその手のことを告げたら、首を落とす」

「申し訳ありませんでしたあぁっ！」

潔く土下座した。

頭上から主人の怒りの波動が止まらないため、そのまま動くことができなかった。

くさくさした気分のまま応接間へ向かったエヴァだったが、マダム・コックスが届けに来た乗馬服を見て目を輝かせた。

「まあ！　なんて素敵……！」

ディーンの髪と同じ、青味がかった黒色のテーラードジャケットに、ふくらはぎが隠れる丈のスカート。

乗馬服は汚れが目立たないよう暗色が定番だが、これは暗色でも光沢があって従来の服より華がある。オフホワイトのくるみボタンが色を引き締めており、いたるところに褐色のレースフリルがあしらわれて、とても可愛い。

「まさしく閣下の髪色だわ。こんな生地があるなんて」

この部屋に来るまでの鬱屈（うっくつ）を綺麗に消し去って、エヴァはマダム・コックスの手を握った。

「感謝しますマダム。ここまで同じ色の服は想像もしませんでした」

「ええ。うちと契約してる染織の職人が、公爵様の色で生地を作ってみせると頑張りました」

「あの、さっそく着てみてもいいですか？」

「もちろんですわ！　サイズに間違いがないかチェックもしませんと！」

試着してみると、ぴったりとしたジャケットはきつすぎずゆるすぎず、スカートの丈も短すぎず長すぎず、ちょうどいい。

足さばきも軽くて、とても動きやすかった。

「すごいわ。今から馬に乗りたいぐらい」

そこで侍女が、「旦那様に頼めば馬を貸してくださると思います」と笑顔で告げたため、エヴァは乗馬服のままマダム一行を見送り、執務室へ戻った。

ディーンは目が覚めたようで、自分のデスクで仕事をしている。なぜか部屋の空気が張り詰めており、ブラッドの顔色が蒼白になっていた。

しかし浮かれているエヴァはまったく気にせず、小走りで主人のもとへ向かう。

「閣下！　馬をお借りしてもいいでしょうか？」

不機嫌そうな顔をしていたディーンだが、エヴァへ視線を向けた途端、瞬時に重苦しい気配を霧散させた。

「乗馬服か」

「はい。マダムが持ってきてくれました」

「私の色だな、それは。見事なものだ」

ディーンがデスクを回り込んでエヴァの前に立ち、頭のてっぺんから爪先まで視線をすべらせる。

不躾(ぶしつけ)な行為なのにエヴァは嬉しそうに微笑んだ。

乗馬服をとても喜んでいることが滲(にじ)みでており、その愛らしい様子に、ディーンが目を細めて何度も頷く。

「うん、私の色がよく似合っている。とても可愛いな」

家族以外に可愛いと初めて言われたエヴァは、照れ隠しにその場で一回転してしまう。ふわりとスカートが広がって、まるで花が開いたような可憐(かれん)さがあった。

「ありがとうございます、閣下のおかげです」

「乗馬なら私も付き合おう」

「二日酔いは大丈夫ですか？」

「今はとても気分がいいんだ」

ディーンが妻の背中に手を添えて扉へとうながす。

二人は自分たち以外の存在など忘れたかのように、寄り添って執務室を出ていった。

◇　◇　◇

部屋に取り残されたブラッドは、全身から力が抜けてズルズルと床にへたり込んでしまう。

「閣下、分かりやすすぎる……」

まだ結婚して一ヶ月しかたっていないのに、完全に骨抜きにされている。これからどう乗り切っていくつもりなのか。

――いくら妻にしたからって、平民女に惹(ひ)かれなくてもいいのに。もっと身分が釣り合う美人な令嬢なんて、いっぱいいるのに。

だが〝美人〟の言葉で、先ほどの光景を思い返す。

乗馬服を着たエヴァは少女らしくはしゃいでいたせいか、いつもと雰囲気がまるで違った。臣下としての澄ました顔も消えて、年相応の無邪気な様に、こちらの心もなごむようで。

もしかしたら、あれが彼女の素(す)のままの姿なのかもしれない。

「確かに可愛かった……」

思わず呟いた途端、ハッと室内を見回す。主人に聞かれていたら危ないところだった。

ブラッドは肺の中を空にするほど大きなため息を吐き出す。まさかそんなふうに自分が感じるとは、信じられなかった。

――だってしょうがないだろ、あんな女の子、見たことないんだから。

あの若さでしかも平民女性なのに、騎士と同じ忠誠心――命を預けるほどの覚悟をディーンに捧げている。

貴族令嬢であれほど忠義の篤(あつ)い者などいない。生き様(ざま)が違う。

間違いなく元騎士の父親の影響だろう。もしかしたら常に言い聞かせていたのかもしれない。

平民に堕(お)ちてもなお、王家への忠誠を。

「……これが〝第一の忠臣〟か」

けれどエヴァは騎士ではない。ディーンにとって庇護すべき妻で、彼は自身の被害者だと受け止めている。

「だからディーンは彼女に負い目を感じて、尊重し、幸せになってほしいと願った。それなのに当のエヴァから臣下の宣言をされてしまった。

二人の間にどのようなやり取りがあったかは知らないが、今まで女性といえば貴族令嬢か使用人ぐらいしか知らない王子にとって、どれほどの衝撃だったか想像に難くない。

その忠誠心を、一途な思慕と変換してもおかしくないほどに。

「ほんと、どうするんです閣下……」

ブラッドは片手で双眸を押さえて呻く。

なかなか床から立ち上がることができなかった。

第三章

それから二週間後のよく晴れた日。ラグロフト公爵領の領都ベラスにて、新領主夫妻のお披露目が行われた。

これはディーンもエヴァもまったく考えていなかった、突発的な式典になる。

それというのも新しい代官を領地へ派遣したところ、領民からお披露目の希望が殺到したことで、急きょ決行されたのだ。

領民の誰もが、自分たちの領主になった救国の英雄を見たいと望み、その嘆願書の数はディーンも無視できない数に上った。

そこでラグロフト騎士団の演習も兼ねて、公爵夫妻を乗せた馬車を騎士たちが囲み、ベラスの大通りをパレードをする事態になった。

……エヴァは涙目である。

臣下になった以上、命じられたことはなんでもやる覚悟はあった。でもこれは想像の範疇外だ。

――王族の結婚パレードじゃないんだから！

と、心の中で反対したものの、自分の夫は元王子様なのだ。諦めるしかなかった。

それでも、「いやいや、私は必要ないんじゃない？」と考え直しては、「でも夫婦はセットで動くものだし……」と渋々諦め、しばらくすると「いや、やっぱり逃げられるなら逃げたい」とウダウダしてしまう。

とはいえパレード中、隣に座るディーンが王子様スマイルを絶えず領民へ向けているから、エヴァもまた淑女の微笑みを振りまいておいた。

さすがにディーンはこういった式典に慣れている。人前に立つことに抵抗がないし、威風堂々として格好いい。

美男子というのもあって、女性の領民から黄色い声が絶えなかった。

その憧れの英雄が選んだ妻は、元平民である。

エヴァはパレード中に卵でも投げつけられるかと戦々恐々だったが、ことのほか領民たちに喜ばれていた。

敵意のこもった視線を向けられなかったのは、唯一の救いである。

パレード後は滞在用の屋敷へ移動する。

領都邸（カントリーハウス）は新しく建設中なので、かつてこの地を治めていた貴族の領主館を、宿泊できるよう整備していた。

ここの庭園を開放して、集まった領民へ領主夫妻が二階のバルコニーから挨拶をする流れだ。

そして夜は、隣接する領地の貴族夫妻を招いての晩餐会（ばんさんかい）。お隣さんとは、仲よくしておくに越したことはないので。

ちなみに明日は、代官として新たに任命した者とその家族、地元の名士などを集めての食事会がある。

本日のエヴァは朝から緊張の連続で、脳が煮え立ちそうだった。

もちろん自分の失敗はディーンの恥になるから、気を抜かず常に淑女の微笑みを顔に貼りつけておいた。それでも表情筋が何度も攣りそうになった。

夜遅く、すべてが終わってからやっと自室に下がり、コルセットを外して風呂に入ると、解放感で快哉を叫びそうになる。

「うぅ、疲れたぁ……！　もう、たかだか一貴族にお披露目パレードってなんなのよ。閣下一人でいいじゃない……、その方が女性たちが喜ぶわ！」

入浴を手伝う侍女たちは下げているのもあって、独り言が止められない。

そういえば昔、王太子殿下のご成婚パレードを遠くから見たことがある。

傍観する側はお祭り気分でお気楽だが、当事者や関係者はこんなにも大変だったのかと、尊敬の念すら覚えた。

あのときは国を挙げてのお祝いで、今日よりずっと規模が大きかったのもあって。

「閣下はさすがに平然としてて、本当にすごいわ……」

ときどきエヴァが精神的な負荷で深呼吸をしていると、ディーンは必ず気づいて背中を撫でてくれた。

ここが終わったら少し休憩できるぞ、とか、あとちょっとがんばれ、とか、彼が気遣って励ましてくれたから、今日を乗り越えられたと思っている。

「私も、いたわって差し上げたい……、よし！」

気合いを入れて風呂から出た。

自室で侍女に髪を乾かしてもらっていると、隣室の扉が開いてディーンが入ってくる。

いつもの貴族服とは違い、寝衣(しんい)にガウンを羽織っただけの寝支度を済ませた姿だ。自分も同じだが、互いにこれほど薄手の格好は初夜以来なので、ちょっぴり恥ずかしい。

それでも使用人がいる間は顔に出さないようにした。

侍女たちは寝酒(ナイトキャップ)の用意をして素早く退室していく。

ディーンは二人きりになってから、長椅子に座るエヴァの隣に腰を下ろした。

「お疲れ様。今日は慣れないことで大変だっただろう」

「ふふ。本音を言えば顔が筋肉痛になりそうでした」

「笑顔で？」

「笑顔で！」

二人で顔を見合わせ、小さく噴き出した。

エヴァは笑いながらブランデーをグラスに注ぎ、主人に渡す。

なぜ深夜にディーンが妻のいる部屋へ来たかというと、王都の屋敷と違って、こちらは二人の結婚事情を知る者がいないせいだった。

王都邸(タウンハウス)には執事や家政婦、侍女など、白い結婚であることを知る上級使用人たちに守られている。

しかしカントリーハウスは完成してないうえ、訪れる予定もなかったため、人材をそろえていなかったのだ。

王都から使用人を何名か連れてきたものの、タウンハウスを留守にするわけにはいかないため、数がまったく足りてない。

現地で雇った者の方が多いぐらいだ。

新婚夫婦が共有の寝所を使わず別々の部屋で眠ったら、あっという間に不仲説が広まるだろう。

あと半月で王妃の夜会が開催されるのもあって　弱点をさらすわけにはいかない。

そのため二人が夜を共にしていると装っているのだ。

エヴァは笑顔を浮かべながら低アルコールの甘いワインを飲みつつ、内心ではドキドキして落ち着かないでいた。

夫婦の寝所を使うと聞いたとき、『それなら私が長椅子で寝ますわ』と告げたのだが、ディーンに猛反対された。

『レディを長椅子に追いやるなど、絶対にできない』と。

しかしそれこそ主人を長椅子で寝かせるわけにはいかない。さてどうしようと悩んでいたら、こう言われた。

『一緒に寝ればいい。寝台は広いのだから』

……頷くしかなかった。

ここで断ったら、ディーンが長椅子で眠ると言い出しかねなかったので。

それに初夜のとき、彼に抱かれる覚悟をしたのだ。今になって拒否をするのもおかしい。

第一、ディーンは白い結婚を貫くつもりだから、貞操の危機など起きるはずがない。

いや待て、自分たちは正式な夫婦なのだから、貞操の危機という表現はちょっとおかしい。

と、思考が空転して内心でうろたえていたら、ディーンがブランデーを飲み干して大きく息を吐いた。

疲れを滲ませる気配にエヴァは我に返る。

「閣下もお疲れですね。もう休みましょうか」

「いや、もうちょっと飲みたい」

頷いたエヴァがブランデーをグラスに注ぐ。

ディーンは今日の晩餐会で、あまりワインが進んでいなかった。彼なりに気を張っていたのかもしれない。

「……新しい領地の立ち上げが、こんなにも大変だとは思わなかった」

「何もかも一から決めなくてはいけませんからね」

ディーンは十二歳の頃より騎士団に入った生粋の武官なので、文官系の人脈がそれほど広くない。

王城から送り込まれた代官と補佐官の候補たちを叩き出したのもあって、まだまだ生活は落ち着きそうにない。

今でもこうして予定外の式典が入り、そのたびに仕事が増える。

もうすぐ王妃の夜会もある。

――王妃様もなぁ……私が憎いのは理解できるけど、閣下の苦労を増やさないでほしかった。

主人の美しい顔を観察すれば、少しやせたような気がする。

気晴らしに乗馬にでも誘うべきか。

「閣下。王都に戻ったら、また遠駆けしましょう」

いきなり話が変わって、グラスを持つ手を止めたディーンだが、すぐにニヤリと笑う。

「私へのご褒美か？」

「ふふ。私が行きたいだけです」

エヴァも乗馬が大好きなのだ。

新しい乗馬服で遠駆けした際、ディーンから『時間が取れたら君の馬を買いに行こう』と言われているので、すごく楽しみにしていた。

「遠駆けもいいけど、今、頑張っている褒美が欲しいかな」

「何か召し上がりますか？」

「いや、膝枕してほしい」

——ん？

エヴァは目を瞬いてしまう。聞き間違いかと思ったが、すぐに昔の記憶を思い出した。母親がしょっちゅう父親に膝枕をしていたことを。

どうやら夫婦の間で、膝枕をするのは当たり前らしい。

頭の片隅で、契約結婚でも？　との疑問が浮かんだけれど、ディーンが望むなら普通のことなのだろう。たぶん。

「かっ、かしこまりました！　妻の役目ですよね！　母もよくやっていましたから！」

エヴァが目元を赤く染めて勢い込んで告げると、ディーンは苦笑にも似た笑みを浮かべ、「じゃあ、遠慮なく」と妻の膝を枕にして寝転んだ。

太ももに感じる重みと温もりに、エヴァは心臓の鼓動がありえない速さで打ち始める。

両親が膝枕をしていたからと安易に受け入れたものの、これは〝本物の夫婦〟だからこそできる行為なのだと後悔した。

――ものすごく恥ずかしい……っ！　今日は仲良しアピールするために腰とか肩とか抱き寄せられたけど、それよりずっと照れる……！

おそらく彼の整った顔が、自分の秘所の近くにあるからだろう。

お風呂に入った後でよかったと、バクバクする心臓の音を体の中から聞きつつ彼を見下ろした。

目を閉じて眠っているように見えるディーンは、本当に綺麗な人だと感じる。雄々しくてたくましいのに、美しいとの形容が似合う紳士。

これほど眉目秀麗な男の人を、自分は見たことがない。

彼と白い結婚でも正式な夫婦で、愛がなくても信頼があって、こうして触れていることが奇跡のようだった。

ふと、何かを考える前に前髪をかき上げてみる。形のいい額がむき出しになった。

指を離すと、髪で額が隠れてしまう。……なんとなく残念に思った。

それで何度も前髪をかき上げていたら、目を閉じたままディーンが小さく笑いだす。

「君のご両親もこうしていたのか？」

「あっ、すみません、触って……」

慌てて指を引っ込める。自分は急に何を始めたのか。

「いや、君に触れられると心地いいから続けてくれ」

「はい……」

ドキドキしながら前髪を梳(くしけず)る。指の間を流れていくサラサラの髪が、自分にとっても心地いいと感じた。

「君のご両親は、仲睦(むつ)まじかったんだな」

「そうですね。子どもの私から見ても、仲がいい夫婦だと思いました。……駆け落ちしたぐらいですから」

「私は覚えていないが、君の父君……レイフが出奔した当時は大変な騒ぎだったらしい」

「なんか、申し訳ありません……」

「いや、陛下は駆け落ちを認めていたそうだぞ」

「えっ⁉」

驚きすぎて体を揺らしてしまい、ディーンが瞼を持ち上げた。赤紫の美しい瞳が、いたずらっぽい光を浮かべている。

「陛下が王太子の頃、レイフが近衛騎士を務めていたのは知っている?」

頷いたエヴァにディーンは語る。

国王——当時のアルバート第一王子は側妃の子どもで、義母である王妃に命を狙われていた。

毒殺や視察先での暗殺が繰り返される危うい状況だったが、それを守り抜いたのがレイフ・オーウェルだ。

「あ……陛下と先代陛下の時代については歴史の授業で習いました。隣国からお命を狙われていたのですよね」

「そう。うちは広い穀倉地帯と資源が豊富な山地を持つ国だからね。隣国とはもう何十年と衝突してる」

先代の国王は隣国との何度目かの戦争後、和平のためにと隣国の王女と婚姻した。

しかし王女が王妃になってから、徐々に隣国が政治に干渉し始めて国が乱れた。

そのため当時の王は王妃との間に子を儲(もう)けず、側妃に迎えた自国の貴族令嬢がアルバート王子を産んでいる。

彼が王太子になると、王妃と隣国の間者から命を狙われ続けた。

「陛下が三十歳のとき、やっと王妃を幽閉して隣国の干渉を退け、即位されたんだ。このとき陛下の身を守り抜いたレイフに褒賞を与えようとしたらしい」

するとレイフは、『身分の低い恋人と結婚したいから除隊させてください』と願い出たという。

エヴァは目を剥いてしまった。

「えぇ……陛下から賜る褒美にそんなことを望むなんて……！」

「それだけ信頼関係があったんだろうな。だから陛下も除隊を許して駆け落ちも止めなかった。優秀な近衛を失うことになるのに」

クスクスと笑うディーンは、自分の前髪に触れる妻の手に己の手を重ねた。

「閣下？」

「で、今度は私だ。陛下から国境紛争の褒美に何がいいかと聞かれたとき、『身分の低い女性と結婚したいから許可をください』って願ったんだ。陛下は似たような望みを言われたことを思い出し、しかも私が望んだ女性が、その似たようなことを言ったレイフの娘だと知って腰を抜かしたそうだよ」

「……それは、すごい偶然ですね」

「そう？　王家とオーウェル侯爵家は建国から続く主従関係だ。こうして君が私のそばにいるのも運命だと思っている」

ディーンが重ねた妻の手を握り込み、そっと指先に口づけた。たかだか皮膚と皮膚の接触なのに、唇が触れた箇所がじんわりと熱い。

「あ、あの、閣下……」

「君の両親は、膝枕以外に何をしていた？」

「え、あ、その……」

なぜここでキスをするのだろうと、混乱しすぎて頭がうまく働かない。それに見上げてくる眼差しが初めて見る種類のものだから、胸が高鳴ってソワソワして体が熱い。

うろたえながら、しどろもどろに声をひねり出した。

「えっと、確か、父が母を膝の上に乗せたり、食事を食べさせたり、寝るときは母をお姫様抱っこして、寝所へ連れていったり……」

いきなりディーンが起き上がった。

勢いがありすぎてエヴァは仰け反ってしまう。

「それはいい習慣だ」

「え？」

仰け反ったままキョトンとしていたら、ディーンが横抱きで持ち上げてくる。

「閣下⁉」

「これからは私が君を寝所へ連れていく」

スタスタと寝台へ向かい、エヴァをおろすとガウンを脱がしてくる。

心臓が口から飛び出そうな気分でエヴァが固まっていると、同じようにガウンを脱いだディーンに抱き締められた。

この急展開に心がついていけないエヴァは、彼と共に寝転がり、額に柔らかい感触が落ちてきても動けない。

「おやすみ。よい夢を」

……どうやらこの状態で眠るらしい。

硬直するエヴァは、密着したたくましい体の感触と、人肌の温もりと、額に感じる穏やかな吐息に思考が完全停止する。

数秒後、眠るのではなく意識が途切れて気絶した。

体に染みついた習慣で、朝日が昇る時刻になるとエヴァは自然と意識が浮上する。

――なんか、重い……？

剣を抱えて眠っただろうかと思いつつ瞼を持ち上げると、いきなりディーンの端整な顔が視界に飛び込んでくる。

悲鳴を上げそうになったが、すんでのところで呑み込むことができた。けれどそのまま硬直して動けず、金縛りが解けるまで至近距離にある美貌を見つめるしかない。

——そうだわ、閣下に寝台まで運ばれて、そのまま……

いつの間にか眠っていたらしい。

……自分は結構ずぶといと呆れてしまう。普通は眠れないだろうに。

というか、なぜ抱き締められたのか？

お姫様抱っこで運ばれたのは、自分が両親のことを口にしたせいだと分かる。王家に生まれたディーンは、一般的な夫婦像を知らないから真似したのだろう。

でも抱き締めて眠るなんて、私はひと言も言ってなかったのに……

横たわっていたら、だんだん硬直が解けて体が動かせるようになってきた。ディーンの眠りを妨げないよう、そっと起き上がる。

自分の体に彼のたくましい腕が巻き付いており、それで重かったのかと納得した。

——朝から精神的に疲れたわ。

エヴァはペタンと寝台に座り込む。

「さむ……」

最近は朝と晩の気温がかなり低い。自分は足先が冷えやすいので、これからの季節は眠りにつくまで時間がかかる。

でも昨夜はディーンにくっ付いていたせいか、とても温かかった。

「……うぅ」

彼がそばにいることで、どうしても昨夜のことを思い返して顔が熱い。頭から湯気が出そうな気分だ。

そういえば彼と横になったとき、額にキスをされた。でも、なんでキスをしたんだろう。

――なんでって、挨拶だからでしょ。深い意味なんてないわ。

彼が告げた、『君を愛することはない』との言葉と、忠誠を誓った初夜をきちんと覚えている。

ただ、ディーンがあまりにも優しくて、契約妻をとても大切にしてくれるから、たまに勘違いしそうになるのだ。

危ないところだった。

――でも挨拶なら、私だってしてもいいわよね……？

ディーンを見下ろせば、寝息に乱れはないので熟睡しているようだ。

静かに顔を寄せて、そっと額に口づける。

「おはようございます、閣下……」

この瞬間、猛烈な羞恥に襲われ、エヴァの顔といわず耳と首筋まで真っ赤になった。

膝枕も、お姫様抱っこも、お休みのキスも、抱き締められたことも、同衾（どうきん）したことも、何もかもが恥ずかしい。生娘（きむすめ）にはハードルが高すぎる。

慌てて寝台から降りて自室へと向かう。女の身支度は男性より時間がかかるのだから、早く始めないと。

それでも主人を起こさないよう、慎重にドアを開閉して寝所から逃げ出した。

その直後、ディーンが右腕で双眸を押さえ、「可愛すぎるだろ……」と呻(うめ)いていたのを、彼女は知らない。

王都に戻ってきてからというもの、エヴァは困惑することが増えた。

それというのも、ディーンがちょっとおかしいような気がするのだ。

いや、領主としては毎日とても真面目に仕事をしている。その姿勢は結婚した当初から変わっていない。

では何がおかしいかと言えば、妻に対する態度である。

「——エヴァ。これなんて君の肌に合いそうじゃないか?」

宝石商が並べた装身具の中から、ディーンは首飾り(ネックレス)を選んで隣に座る妻の首にかける。

すかさず商会長が大きな鏡をエヴァの前にかざした。

「公爵様はお目が高い。とてもよくお似合いですよ、奥様」

「……そうですね」

確かに悪くはないとエヴァは思う。

繊細な金細工に、傷一つない大粒のエメラルドと、カッティングが素晴らしいダイヤモンドを惜しげもなくあしらっている。

エメラルドは傷がつきやすい宝石なのに、小さなヒビさえついておらず、不純物も見当たらない。

何より透明度がすごい。それでこの大きさ。

――たぶんこのネックレス一つで、王都にある小さな家が買えるわ。

エヴァも淑女のたしなみとして、宝石類の知識は身に着けている。真贋(しんがん)を見抜く訓練もしてきたので、ここにある品々の価値がよく分かるのだ。ネックレスだけでなく、持ち込まれた宝石類はすべて、一級品を越えた品であると。

あまりの神々しさに目が潰れそうだ。

「……閣下、これも素敵ですが、他にも見てよろしいでしょうか?」

エメラルドも素敵ではあるけれど、できればディーンが持つ色と同じ宝石を選びたい。

彼は頷くと、妻の首からネックレスを外しつつ耳元で囁(ささや)いた。

「迷って決められないなら、ここにある品を全部買えばいい」

その甘い声に淑女の微笑みが崩れそうになる。言葉の内容に驚いたのもあるが、こちらを惑(まど)わすような艶声(つやごえ)に腰の力が抜けて。

エヴァは慌てて膝にある扇を広げ、顔を隠した。

ちなみにこの扇も、つい先日、ディーンが貿易商を屋敷に呼んで購入した品だ。

東洋の国から輸入したそうで、生地やレースなどの装飾はなく、骨組みの薄い木材に繊細な透かし彫りが施されている。

緻密(ちみつ)なデザインは見事としか言いようがなく、初めてこの扇を見たとき、エヴァは感嘆のため息を何度も漏らした。

しかも材質に香木を使っているため、あおぐたびにサンダルウッドの上品な香りがほのかに漂ってくる。

なんとも優雅で芸術的な扇だ。

エヴァは甘い爽やかな香りを吸い込んで、必死に気持ちを落ち着けようとした。

「……体が一つしかないので、そんなにたくさんいただいても、身に着けることができませんわ」

「身に着けなくても君の財産になる。資金が必要になったときは売ればいい」

「まさか！　閣下にいただいたものを売るなど、永遠にありません」

これほどのアクセサリーは一生ものだろう。売却するなど考えつかない。というか、そこまで金が必要になるときが来るとは思えないのだが……

ここでディーンが柔らかく微笑み、人差し指の背で妻の頬(ほお)を撫(な)で下(お)ろす。

「嬉しいことを言ってくれる。では全部買おう」

お願い待って。

「閣下。私は叔父様の……オーウェル侯爵の散財をそばで見続けてきたため、必要以上に高価なものを買うことが恐ろしいのです。閣下の慈悲に慣れるまで、もう少しお待ちくださいませ」

「あの無能侯爵の影響が君に残っているとは忌々しい。君が望むなら奴の首を刎(は)ねてくるが？」

いきなり恐ろしい話になってきた。

エヴァは扇を畳んで膝に置くと、こちらの頬を撫でるディーンの右手を両手で包み込む。

「閣下が手を汚す必要などありません。それよりもどうか、私に似合う品を一緒に選んでくださいませ」

「君が望むなら、いつまでも付き合おう」

ディーンも握られた自分の右手に左手を添えるから、二人で手を取り合って見つめ合う構図になった。

このとき、ゴホッ、グホッ、とわざとらしい咳払いが部屋に響く。扉の前で立哨するブラッドが、苦々しい表情で咳をしていた。

ディーンは部下をひと睨みしてから姿勢を元に戻し、宝石商へ「ほかの品も見せてくれ」と告げる。

血みどろの惨劇から、アクセサリー選びに戻ることができたようだ。エヴァは心からホッとする。

――閣下の甘やかしがすごい。いったいどんな心境の変化があったの……？

最近のディーンは、とにかく妻を甘やかそうとする。こうして希少で高価な贈り物を用意するし、毎晩、妻をお姫様抱っこで寝所へ運ぶのだ。

公爵邸は夫婦の寝所が別々なので、一緒に寝ることはない。しかし別れ際に堂々とお休みのキスをするし、エヴァがキスを返すことも要求してくる。

肌に触れるだけの口づけのはずが、最近では額だけでなく頬や耳にも口づけられるようになった。

昨夜なんて耳たぶを甘噛みされて、エヴァは背筋が震える感覚に目を回してしまった。

頬や頭部を撫でるなどのスキンシップも増えており、いつか押し倒されそうな気配がする。そのことを考えるたびに、エヴァは羞恥で紅潮してしまうのだ。

「――どうした？　熱でもあるのか？」

ディーンが手のひらを妻の額に添える。

剣ダコがある厚めの皮膚の感覚に父親を思い出し、エヴァは懐かしさでうっとりと目を閉じた。

「大丈夫です。ちょっと、恥ずかしいことを思い出して……」

「……恥ずかしいことって？」

思ったよりも近くで彼の声がした。目を開けると、吐息を感じるほど近くでディーンがこちらの瞳を覗き込んでいる。

お休みのキスと同じぐらいの距離に、一瞬で頭に血が上ったエヴァはぎゅっと目を閉じた。

「その、寝るときのことを、思い出して……」

「それの何が恥ずかしいんだ？」

「……私には、いろいろ恥ずかしいんです……あの、もう少し離れてくださいませ……」

「体調は悪くないんだな？　お開きにしてもいいんだぞ」

「いえ。今日中に決めてしまいましょう」

王妃の夜会が十日後に迫った今、ドレスがやっと完成したので、これに合う装飾品を早めに決めねばならない。

――王妃殿下に、私が閣下にふさわしいと認めてもらわなければ、殺されるかもしれないんだもの。

頑張らないと！

この国の宗教は離婚を認めていないが、伴侶が死別したら再婚できる。つまりエヴァが死ねばディーンは解放されるのだ。

権力者なら、元平民の小娘ぐらいサクッと殺しそうな気がする。

もちろんディーンも、そのことには早いうちから気づいていたそうだ。

エヴァは遠駆けぐらいしか屋敷を出ないので知らなかったが、ちゃんと護衛がついていたという。

先日、公爵夫人専用の馬をディーンと買いに行ったときなど、かなりの数の騎士が警護についていた。

武人のディーンにここまで物々しい警備が必要なのかと聞いたら、君のためだと言われて、引っくり返りそうなほど驚いたものだ。

もしかしたら自分が知らないだけで、身の危険が迫っていた場面があったのかもしれない。

なんて恐ろしい。

――自分のためにも閣下のためにも、公爵夫人としてふさわしい姿にならないと。だからこれは必要経費だと思えばいい。

エヴァはディーンの補佐をやっているため、彼の個人資産は概算で把握している。散財して減るどころか増え続けており、それとは別に領地収入だってある。

彼がここにある品をすべて購入しても、ビクともしない資産額なのだ。

エヴァは並べられた装身具ではなく、宝石の裸石(ルース)へ視線をすべらせる。

赤みがかったアメジストやグレープガーネット、やや暗めのピンクトパーズなどを、専用のピンセットでジュエリートレーに移していく。

これらをディーンの顔の前で捧げるように持ち、彼の瞳と見比べた。

――閣下の瞳って赤みが強い紫なのよね。でも赤色そのものじゃないし紫色でもない。さすが王家の色は深いわ。

うーん、と悩んでいたら、ディーンが楽しそうに目を細める。

「もしかして私の瞳の色を探している？」

「はい。閣下が選ばれたネックレスは素敵ですが、宝石がエメラルドなので、できればこういった石を使いたいと思いまして」

「夜会用のドレスも私の瞳の色を薄くした感じと聞いている。かぶらないか？」

「ドレスは淡いピンクになっているので、くっきりはっきりとした色合いの宝石なら大丈夫です」

「そうか。……エメラルドはエヴァの誕生石だろ。いいのか？」

「よくご存じですね」

「まあね」

ちょっと驚いてしまった。こちらの生年月日など覚えていないと思っていたから。

――だって婚約期間中に誕生日を迎えたけど、カードも花もいただかなかったもの。求婚したけど本心では興味がないんだなって気づいたから……

以前と今とでは何が違うのだろう。前はこちらを呼ぶ際、「君」とか「夫人」とかだったのに、今では名前を呼ばれている。

しかも愛を囁くように甘く呼ぶから、大変据わりが悪い心地になる。夜会対策だと分かっていても、気恥ずかしくてドキドキする。

まるで彼に心から愛される妻になったみたいで。

「……誕生石は、今まで特に意識したことはないのです。だから、閣下のお色を身に着けたいと思います」

嬉しそうに微笑むディーンが、妻の左手を取り、手の甲へ唇を落とす。

美男子の笑みは破壊力がすごいうえ、唇の感触がくすぐったくて、エヴァの心臓がぴょんぴょんと跳ね上がった。

気を抜くと失神するかもしれない。

二人が人前でイチャイチャするのを笑顔で受け流す商会長は、彼らの邪魔をしないよう、静かに新しい木箱を取り出した。

その中には豪壮華麗な細工のネックレスと、イヤリング、ブレスレット、ブローチのセット(パリュール)が入っている。

それらを見たエヴァはパッと表情を明るくした。

「閣下の瞳の色だわ！」

エメラルドほど大粒ではないものの、赤と紫が絶妙なバランスで混じり合う宝石が、アクセサリー全体に散りばめられている。

ロマンティックで躍動感がある豪華なデザインだ。

ディーンと宝石を交互に見比べてみるが、間違いなく同じ色合いだった。

エヴァの反応を満足そうに見守る商会長が、パリュールについて説明する。

「これはパープルサファイアを使っております」

「そういえばサファイアって、青以外にもいっぱい色があるのよね」

「はい。ですがやはりブルーサファイアを求められるお客様がほとんどなので、他のお色はあまり人気がなく、御前にはお出ししませんでした」

それでもディーンの瞳の色だったので、念のために持ってきたというわけだ。

エヴァは輝くような笑顔で主人を見つめる。

その期待に満ちた表情に、ディーンが小さく噴き出した。

「気に入った？」

「はい！　これがいいです！」

頷いたディーンが商会長に目配せすると、彼はネックレスをジュエリートレーに移し、うやうやしく公爵閣下へ捧げる。

ディーンは再び、手ずから妻の首にネックレスを飾った。

鏡を見るエヴァは頬を染める。

「なんて綺麗……」

「うん。よく似合っている。じゃあ夜会にはこれを身に着けていこうか」

「ありがとうございます！」

かなり豪奢なアクセサリーなので、身に着ける者によっては宝石の輝きに負けそうだ。

しかしエヴァは毎日侍女たちがエステをしてくれるおかげで、肌は潤いがあって美しく、今なら大丈夫との自信がある。

それというのも領都から帰って以降、侍女たちの意気込みがすごいのだ。

湯浴(ゆあ)みをした後、全身、それこそ頭皮から足先までマッサージをしてくれる。

顔の保湿は特に念入りにされて、髪は高価なヘアオイルで整えていた。おかげでストロベリーブロンドは、いつにもましてツヤツヤだ。

ディーンがしょっちゅう、妻の髪を指に絡めて遊ぶほどで。

エヴァも鏡を見るたびに、どんどん綺麗になっていると心が弾む。見かけは公爵夫人として合格だと自画自賛していた。

エヴァは満足する品が見つかったことで、ウキウキとネックレスを外して商会長に返す。

彼は、「不備がないか確認してからお持ちいたします」と告げて部屋を辞した。

本日のメインイベントを終えたため、エヴァは両手を天井へ向けて伸びをする。

「大変でしたけど楽しかったです。じゃあ仕事しましょうか」

「働き者の奥様で助かるが、お茶ぐらい飲まないか」

「そうですね。私が淹(い)れてもいいですか？」

「ああ、頼むよ」

本来なら公爵夫人がお茶を淹れるなんてことはしないが、以前ディーンに淹れたらことのほか喜ばれたので、執務室ではエヴァがお茶の用意をするのが定番になっている。ただ、ここは応接間なので一応確認をしてみた。

そこで護衛のブラッドに視線を向ける。

「チアーズ総長もご一緒にいかがですか？」

執務室ではいつも一緒に飲んでいるので、彼を誘うのはエヴァにとって当然だった。

しかしブラッドはエヴァの横にサッと視線を向け、勢いよく首を左右に振る。

「いえ。今は警護中なのでご遠慮させてください」

そう告げて疲れた表情を見せている。

この方もお疲れのようだわ。と、エヴァは少し心配になった。

第四章

結婚式から二ヶ月が経過し、王城で王妃主催の夜会が開かれる当日になった。その日は午後から、公爵夫人にとっての戦いの幕が開ける。

エヴァは早い時刻に軽めの昼食をつまむと、まずは風呂に入って侍女たちに全身を磨かれた。

一人で風呂に入るエヴァには恥ずかしいのだが、大人しくされるがままになる。本来、貴婦人は侍女の手を借りながら風呂に入るのが当然なので。

それに今朝、家政婦のヒューム夫人から、鬼気迫る表情で言われてしまったのだ。

「奥様を王都一の美女に仕立てるのが私どもの使命です！　今日ばかりは従っていただきます！」

王都一の美女になるかは分からないが、おそらくディーンの命令なのだろう。逆らったら彼女がかわいそうだ。

大人しく侍女たちに身をゆだねるエヴァは、風呂上がりには長椅子でうつ伏せになり、念入りなマッサージを受ける。

彼女たちから毎日エステを受けているのもあって、肌はスベスベもちもちになり、足が浮腫（むく）むこともない。

それでもまだ足りないとばかりに、侍女たちは女主人の肌を徹底的に整えた。

髪も丹念に梳(と)かしてオイルを塗り込み、爪を磨き、途中で休憩を挟みつつ延々と手入れを続ける。

化粧をして髪を結ってドレスを着つけて、すべての身支度が完成したのは夕方近くだった。

エヴァは何もしていないのに、もうこれだけで精神的にグッタリである。それでも、「旦那様がお見えになりました」と侍女に言われて背筋を伸ばす。

ブラッドを従えたディーンは夫人の部屋に足を踏み入れた途端、目を見開いて口を半開きにし、ものすごく驚いた顔で凝視してきた。

彼の背後にいるブラッドなど、「うえぇっ⁉」と奇声を上げてこちらを見つめてくる。どうしたのだろう。

「あの、閣下……何かおかしいでしょうか？」

豪奢なドレスは淡いピンクだが、ひと口にピンクといっても様々な色があり、これは赤みが強めの大人っぽい色合いだ。

そしてエヴァの豊かなバストを強調するデザインになっているものの、落ち着いたピンク色が妖艶さをやわらげ、可愛らしさを前面に押し出している。

そのうえでパープルサファイアのパリュールを身に着け、ストロベリーブロンドの髪には、ディーンのシンボルフラワーとなるバラ〝ゾウェル〟を飾っていた。

このバラは花びらの縁(ふち)のみが赤い白バラで、ディーンが生まれた年に交配を試み、新しく生み出した品種になる。

彼と、彼の妻しか身に着けることが許されない特別な花だった。

王城にある王族専用の庭園にだけ咲いているため、ディーンはなんと王太子に願って取り寄せたという。

——侍女たちが腕によりをかけて仕上げてくれたから、王都一の美女とはいかなくても、そこそこ綺麗になっていると思うけど。

ディーンが動かないため不安になってきたが、ヒューム夫人が咳払いをしたことで、彼はハッとした表情になった。

慌てて近づいてくると、こちらの両手を握り締める。

「すまない、見惚(みと)れて動けなかった。まさしく王都一の、いや、大陸でもっとも美しい絶世の美女じゃないか。まさかこれほどとは思いもしなかった」

いくらなんでも言いすぎです、とエヴァは笑い飛ばしたかったが、ディーンが目元を赤く染めて熱っぽく告げるから、心がときめいて可愛くない言葉は言えなかった。

素直に「嬉しいです」と、はにかむことしかできない。

「直視するのが罪深いほどの美しさだな。私は女神の降臨(こうりん)に立ち会っているのかもしれない」

そこまで言われるとさすがに照れるし、胸の奥がウズウズして彼の目を見ることができない。でも目を逸らしたくないから頑張った。

「閣下も素敵です。すごく、格好いい……」

フォーマルな服装を着ているせいか、いつもより威厳があって神々しさまで感じる。

エヴァが彼の色を身にまとうと告げたせいか、ディーンもまた妻の瞳を表すアクアマリンを、ジャケットの刺繍に散りばめていた。

あからさますぎるほど、見た目はラブラブな夫婦になっている。

めいっぱい妻を称賛したディーンは、部屋に控えている侍女たちへ声をかけた。

「皆、よくやってくれた。――ヒューム夫人。この者たちへ褒美を与えるように」

「かしこまりました」

家政婦が頭を下げると、侍女たちも笑顔になった。

満足そうにディーンは頷き、妻へうやうやしく手を差し出して馬車までエスコートする。しかも車内では向き合って座るのではなく、彼は妻の隣に腰を下ろし、手を離そうとしない。

「普段から可愛いと思っていたが、ここまで美しくなるとは予想外だ。素晴らしい」

「ふふ。ありがとうございます。鏡を見たら母によく似ていたから、私も驚きました」

「なるほど、この美貌は母親譲りか。君を見ているとレイフが身分を捨てて奥方に走ったのも頷ける」

「ああ……。母がデビュタントで陛下に挨拶をしたとき、護衛をしていた父が一目惚れしたそうです」

「レイフ以外の男たちも一瞬で恋に落ちただろう。今宵の君も母君と同じように男の視線を集めそうだ。……妬けるな」

フッと口の端を吊り上げて微笑むディーンが、手袋を外して素手でエヴァの頬を優しく撫でる。

「これほどの美女が妻なのだと自慢したいのに、他の男になど見せたくない。もどかしいな」

頬を撫で下ろす指先の感触がいつもと違うから、エヴァの心臓が暴れて落ち着かない。触れているのは皮膚なのに、心を直接撫でられているような気がして。

「……閣下以外の殿方に見られても、私はなんとも思いませんわ」

「そう、君は私のものだ。決してそばから離れないように」

「はい……」

独占欲を滲ませる力強い眼差しに、エヴァの心が昂ってくる。

お気に入りのおもちゃを奪われたくないだけと分かっていても、命がけで愛されているような気分になってしまうから。

王城に着くまでエヴァの心臓は落ち着いてくれなかった。


王城の敷地内にはいくつかの離宮が建てられており、そのうちの一つ、セイクロフト宮が本日の舞台だった。

ディーンと共にボールルームへ足を踏み入れると、四方八方から値踏みする視線が突き刺さる。分かりきっていたことなので　エヴァは胸を張って笑顔を崩さなかった。

さすがに元王子に配慮してか、あからさまな陰口は飛んでこない。だがヒソヒソと囁き合っている気配は感じられた。

当然ディーンも悟っているため、心配そうにエヴァの顔を覗き込む。

「大丈夫か？　気分が悪くなってない？」

「ふふ。予想通りすぎて面白みがありません。突撃してくる方もいらっしゃらない」

「私の奥様は頼もしいな。でも何か言われたら必ず私に言うように。妻を侮辱する者は一人残らず地獄を見せてやろう」

唇に黒い笑みを浮かべるディーンの目が笑っていない。本当にやりそうだから恐ろしい。

平和と秩序のためにも、貴族の方々には大人しくしていただきたいものである。

「――ディーン殿下！」

堂々とかつての敬称で呼んだのは、正装となる白い騎士服を着た年配の男性だった。ディーンいわく、王立騎士団の第三師団を預かるトマス師団長だという。

「私はもう殿下じゃないぞ」

「失礼いたしました。王城で公爵閣下のお姿を目にすることがなくなったので、懐かしくて」

そこで言葉を止めたトマスがエヴァを一瞥（いちべつ）する。ディーンに向けた親しみのこもった眼差しとは違う、冷ややかなものだった。

しかしエヴァはニコリと微笑み、隙のないカーテシーを披露する。

「はじめまして。エヴァ・オーウェル・ラグロフトでございます」

トマスが目を見開き、「オーウェル……」と呟いた。すかさずディーンが、「レイフ・オーウェルの娘だ」と言い添える。

するとトマスが硬直し、やがて宙に浮かせた両手をぶるぶると震わせた。

「……なんと、そなたがレイフの娘御（むすめご）か！　その青い瞳、確かに奴にそっくりだ！」

声が大きかったため、周囲でこちらをうかがっていた正装姿の騎士たちが、わらわらと近寄ってくる。

若い人はおらず、年配の方ばかりだった。

「トマス師団長。ラグロフト公爵夫人がレイフの息女殿とは、本当ですか？」

トマスに代わってディーンが肯定すると、騎士たちが驚きの声を上げている。

トマスがエヴァの右手をうやうやしく救い上げ、手の甲に軽く口づけた。

「まさか奴に娘御がいたとは。しかも我らが公爵閣下の奥方になるとは。なんという数奇な巡り合わせだろうか」

「父をご存じなのですね」

「もちろんだ。私の世代で陛下を守り抜いた〝第一の忠臣〟を知らぬ者などおらぬよ」

一度言葉を止めたトマスが、しんみりとした口調に変えた。

「惜しい男を亡くした……。しかしこうして血脈が残ったのは実に喜ばしい。どうか閣下を頼みますぞ」

感無量といった様子に、エヴァは淑女の笑みで頷きつつも戸惑ってしまう。

周りに集まってきた騎士団関係者や武門貴族も、エヴァがレイフの娘だと知って好意的になっている。

しかしそれはまずいのではないかと、冷や汗をかいた。

――閣下が私と結婚したのって、武門貴族の暴走を抑えて、王太子殿下を王位に就けるためよね。私が歓迎されたら意味がないのでは。

次々と挨拶に来る武門貴族に応えつつ、エヴァは広げた扇で口元を隠し、そっとディーンに聞いてみた。

「閣下。なんだか武官の方々から私の存在が喜ばれていますが、契約結婚の前提が崩れませんか？」

「そうでもないさ。君が元平民であることに変わりはないんだ。私を王にしようと思ったら、元平民の王妃が誕生してしまう。いくらオーウェル侯爵家の末裔だからといって、それは貴族社会が受け入れない」

そうだろうか。……まあ、彼がそう言うなら、いいんだろう。

エヴァは素直に納得した。

納得すれば意識を切り替え、声をかけてくる貴族たちに対応する。

ラグロフト公爵夫妻を興味津々に眺める招待客は、トマス師団長をはじめとする高官たちに可愛がられるエヴァを見て、ひどく驚いていた。

しかも貴婦人としてふさわしい優雅で上品なふるまいをするから、「元平民でも血筋はれっきとした貴族なのだ」と感心している。

やがてファンファーレが鳴り響き、吹き抜けの二階部分から、王妃が侍従の手を借りてゆっくりと階段を下りてきた。

ボールルームにいる招待客が一斉に頭を下げる。

「皆さん、よく来てくれましたね。今宵は楽しんでいってください」

簡単な挨拶を述べると、貴族たちは拝謁を賜りたいと王妃に近づこうとする。しかし今夜は元王子がいるため、彼より先に動くことはできない。

ディーンは妻の腰を抱き寄せて王妃の前に進み出た。

彼女は息子の顔を見ると、パッと表情をほころばせて弾んだ声を上げる。

「久しぶりね、ディーン。会いたかったわ。用がなくても王城に遊びにきてくれたらいいのに」

エヴァはディーンと共に頭を下げながら、これほど感情が表に出やすい方なのかと、意外な想いを抱いた。

祖母のワット男爵夫人からは、『貴族女性たるもの、淑女の微笑みで胸の内を隠すべし。社交界は足の引っ張り合いなのだから、隙を見せてはいけないわ』と厳しい教育を受けていたのだ。

祖父は平民から貴族になった成り上がりだが、祖母はそこそこ歴史がある男爵家の令嬢だった。下位貴族ではあるものの、社交界の地位が低いからこそ、貴族令嬢の正しいふるまいや教養が己の身を守ることを熟知していた。

今夜だって周りにいるほとんどの者たちが、エヴァの失敗を今か今かと待ち望んでいる。『これだから平民女は』と貶（けな）し、嘲笑（あざわら）うのを楽しみにしているのが察せられた。

けれど祖母のおかげで完璧な貴婦人を演じることができて、己の心と矜持（きょうじ）を守れている。

――王妃様、こんなに分かりやすい方で、政敵に利用されたりしないのかしら？

不思議に思っていたら、ディーンが社交用の笑みを浮かべた。

「お久しぶりです、王妃殿下。どうか私のことはラグロフト公爵とお呼びください」

あくまで臣下として接しようとする元王子に、王妃がムッとした顔つきになった。

エヴァは淑女の微笑みを浮かべながらも、王妃の機嫌を損ねている状況にハラハラしてしまう。

とはいえディーンの対応は間違っていない。王妃の私室ならともかく、公の場では彼の方が正しいのだが……

王妃はつまらなそうに、視線をディーンからエヴァへ移した。凍てつくような冷たい視線は、これまた心情が分かりやすい。

「そちらが、元平民、の夫人ですね」

元平民の部分を強調された。

ディーンに教えてもらった前知識では、王妃は王子と平民の結婚を猛反対した者の一人だという。

なので心構えはできていたが、視線の鋭さに心臓が貫かれそうだ。

ここでディーンがエヴァの腰を抱き寄せた。

「はい。私が心から愛する唯一の妻です」

そう告げて愛しげに妻の頬へ口づけるから、ザワッと会場の空気が揺れる。

一方、エヴァは羞恥で悲鳴が漏れそうになったため、慌てて扇で顔を隠しつつ声を押し殺した。

するとディーンはさらに空いた手で妻の手を取り、流れるように指先へ口づける。

「ありがたくも王妃殿下からお誘いいただきましたので、機会があれば妻と共に王城へご挨拶に伺いたいと思います」

エヴァが一緒でなければ顔を見せる気はない、との意味は王妃も悟ったらしく、ますます不愉快そうな顔になっている。

そしてディーンの演技とは思えない情熱的な態度に、周囲からは「お飾りの妻ではなかったのか」と囁く声が広がっている。

王妃は扇を閉じると、サッと横に払った。もう話すつもりはないとの意思表示に、ディーンとエヴァは頭を下げてから離れる。

「……ちょっと驚きました」

「ん？　何が？」

ディーンが給仕からワインを二つ受け取り、片方をエヴァに渡す。

「ありがとうございます。……その、王妃様は感情が豊かな方だと思って」

「正直に『腹芸ができないポンコツ』って言ってもいいんだぞ」

言い得て妙だと噴き出しそうになる。エヴァは再び扇で顔を隠した。

その様子にディーンも小さく笑う。

「母上は公爵家に生まれたお姫様で、甘やかされて育ったらしい。しかも予定外に王妃になってしまったから、妃教育も間に合わなくてあの調子だ。毒にも薬にもならない王妃だな」

人目がないところでは「母上」と呼んでいるあたり、親子の情はあるようだ。

しかしなかなか辛辣である。

「そういえば陛下の婚約者だった方は、お亡くなりになったんですよね」

現国王が王太子だった頃、結婚式の直前に病で命を落とした。……暗殺されたのではないかと言われているが、真相は定かではない。

その頃、王太子は二十二歳。彼の年齢と身分に釣り合う令嬢は、ほとんど婚約者がいたり、すでに結婚している。

婚姻可能な令嬢は、十二歳以下の幼い娘しか残っていなかった。

「うん。しかも当時は前王妃……隣国から嫁いだ王女がこの国を支配しようとしていて、隣国の姫を王太子妃にしようと画策していた。父上は早急に国内の貴族令嬢と結婚する必要があったんだ」

その頃、現王妃は十九歳で、しかも婚約者がいなかった。同じ年頃の令息たちを選り好みしているうちに、彼らはさっさと婚約者を決めてしまったのだ。

王城関係者は、彼女が王太子妃にふさわしいとは、まったく思っていなかった。だからこそ王太子と年齢も身分も釣り合うのに、婚約者候補に選ばれなかったのだ。

しかし選択肢はなかった。

「まあ公爵令嬢だったから所作とか教養とかは合格なんだが、自己中心的で気が短いから、ああやって顔に出してしまうんだ」

「それだと国内ではよくても、外交ではまずいですよね……」

「大使との謁見やパーティーでは、挨拶のみですぐに下がらせている」

それって王妃が存在する意味がないのでは？　とのエヴァが呑み込んだ言葉をディーンは察したのか、フッと皮肉そうな笑みを口元に浮かべる。

「今は母上に代わって、王太子妃殿下が国外の社交を引き受けている。語学も堪能で優秀な方だから、本当に助かっているよ」

なるほど。そういった実務能力が高いのもあって、後ろ盾が弱いながら王太子妃に選ばれたのだろう。身分が高いだけの無能令嬢よりずっといい、と。

だからこそディーンは、兄夫婦の障害になりたくないと考えているのかもしれない。

――そうよね。仮に私が外交に出たら、元平民ってことで国外の勢力に舐められるもの。

ディーンが自分を妻にと望んだのは、やはり意味があることなのだ。

このとき王妃のそば近くにいた侍従が近づいてきた。

「ラグロフト公爵様。王妃殿下がお呼びでございます」

ディーンが手にしていたグラスを近くのテーブルに置き、うんざりとした表情になった。

「言うまでもないが、妻と一緒だろうな」

「それが、公爵様お一人をお呼びするようにと」

「では行く必要はない」

「王立騎士団に関わることと聞いております。部外者に話を漏らすわけにはいかないから、と」

「私もすでに部外者なので、ますます行く必要がない」

にべもない態度に、侍従は真っ青になっている。

……かわいそうに。王妃から命じられた以上、彼は引き下がることなどできない。

エヴァはディーンの二の腕を軽く叩いた。

「閣下、どうぞ行ってきてくださいませ」

「駄目だ。君を一人にするわけにはいかない」

「まあまあ。私も高位貴族のお友達を作りたいので、一人の方が何かと都合がいいのですわ。それに王妃様もご子息とめったに会えなくて、寂しいのでしょう」

「私はまったく寂しくない。それに子息なら王太子殿下がいる」

「そうはいっても、王妃様のご命令を無視するわけにはいきませんわ」

ディーンは妻を恨みがましげに見下ろした。

「君はなんで王妃の肩を持つんだ」

「私の勝手な気持ちですが、王妃様を同士だと思っております」

「同士？」

「家族が戦場に行って、毎日無事を祈り、帰りを待ち望んだ者同士ということですわ」

ディーンには申し訳ないが、こう言えば王妃のもとへ行くだろうと思いついたのだ。エヴァの父親が帰ってこなかったことを、彼は知っているから。

案の定、目を見開いたディーンは、不承不承、頷いた。

「……すぐに戻ってくる」

妻の手の甲にキスをしてから、侍従と共に離れていった。

そしてエヴァが一人になった途端、予想通り貴婦人たちに囲まれてしまう。

「はじめまして、夫人。今宵は月が美しい夜ですわね」

自分と同世代か少し若い淑女たちは、笑顔であっても目が笑っていない。元平民女が気に入らないと分かりやすい態度だった。

——同じように目だけ笑ってない閣下の表情と比べたら、すごく可愛い。……閣下に、『妻を侮辱する者は一人残らず地獄を見せてやろう』と言われているから、皆様にはあまり強気に出ないでくれると助かるのだけど。

「夜会は初めてでしょう？　何か困っていることがあれば、おっしゃってくださいな。お力になりたいと思っていますの」

「あら、そのお歳で夜会が初めてとは、驚きですわ。招待状が届かなかったのかしら？」

「それともドレスが買えなかったのですか？」

貴婦人たちがクスクスと嘲笑を浴びせてくる。

エヴァは扇を閉じ、優雅に淑女の礼を取った。

「はじめまして、ユリストン王家を支える淑女の皆様。わたくしはディーン・バルフォア・ユリストン王子殿下……今はディーン・ユリストン・ラグロフト公爵閣下ですわね。その妻で、エヴァ・オーウェル・ラグロフト公爵夫人でございます」

軽く下げていた視線を上げて、「夫ともども、どうぞよろしくお願いします」と笑顔で告げる。

こんな長ったらしい挨拶をしたのは初めだ。けれど、こちらの夫が誰なのか忘れているようなので忠告しておく。

案の定、令嬢たちは黙り込んだ。

「わたくし、確かに夜会は不慣れで、皆様に声をおかけしようと思っていましたの。そちらから話しかけてくださって僥倖（ぎょうこう）ですわ。でも、どちら様でしょうか？」

この国の社交界では、身分の高い者が先に話しかけるのがマナーだ。

元王子のディーンは貴族社会において序列一位になるため、その妻のエヴァは女性貴族の頂点に位置する。よほど親しい者ならまだしも、本来なら誰も声をかけることはできない。

それを遠回しに指摘すると、貴婦人たちの可愛らしい顔がゆがんでいく。渋々と名乗る声は屈辱で震えていた。

大したことは言ってないと思うのだが。

「……公爵夫人はお生まれが私たちとは違うから、毎日が大変でしょう？　やはり御身分にふさわしい場に戻られることは考えませんの？」

「身分と言われましても、わたくしはもともと貴族なのでここがふさわしい場ですわ」

「はあぁっ⁉」

……由緒正しい貴族のご令嬢でも、そんな反応をするんだ。と、エヴァはなんとも言えない気持ちになった。

「父はオーウェル侯爵の嫡男で、母はワット男爵の令嬢。つまり両親とも貴族です。確かに一般戸籍には入りましたが、ラグロフト公爵に嫁ぐときは、叔父である現オーウェル侯爵の養女になりました。血筋も身分もれっきとした貴族になります。これに異を唱(とな)えるならば、王国法を否定することになりますわ」

実はユリストン王国の王族は、平民と結婚できない法律がある。そこでディーンはエヴァをオーウェル侯爵の養女にして、侯爵令嬢と結婚したのだ。

叔父は平民の姪を養女にすることを渋っていたが、ディーンが謝礼を払うと喜んで手続きをしていた。

「でもっ、平民育ちじゃない！　私たちから見たら下賤(げせん)の身よ！」

「育ちが悪いとおっしゃいますが、わたくしの所作のどこに問題点がありますでしょうか？　ぜひ教えてくださいませ」

「それは……」

自慢ではないが、己は淑女として完璧なはず。祖母の教育が、ほんっとうに厳しかったので。

たぶん彼女たちは元平民のエヴァのことを、ドスドスと音を立てて歩き、料理を手づかみで貪り、ろくに会話もできない野蛮人だと想像していたのだろう。

そんな人間、平民でもいないと思うのだが……

貴婦人たちの旗色が悪くなったとき、一人の女性が音もなく近寄って彼女たちをたしなめた。

「あなたたち、公爵夫人をそのように問い詰めてはいけませんよ」

きらびやかで美しい女性だ。あどけない容姿に成熟した妖艶さが滲む、エヴァよりも少し年上らしき美女である。

……ただ、彼女は金色の髪を結い上げ、これでもかと髪飾りをつけているせいで、顔よりも横に広がった髪に視線が吸い寄せられる。

そして豪奢な金のネックレスとイヤリングには、大粒のルビーがいくつもあしらわれていた。

指輪など、親指以外の両手の指にすべてはまっている。しかも指一本につき、二つ以上の指輪が輝いていた。

——まぶしい方だわ。

エヴァは若干、引き気味に思った。美貌だけでなく、彼女が身に着けている装飾品の存在感がすごすぎて。

ディーンに贈ってもらったパープルサファイアのパリュールも高価だが、彼女の本日のジュエリー総額には届かないと思う。

――髪、崩れないのかしら？　指が重くないのかしら？　大丈夫かしら？

ただでさえ淑女はコルセットを締めすぎて、気絶しやすいのに。

エヴァが不安からドキドキしていると、貴婦人たちは彼女へ、「お久しぶりです。ドーソン侯爵夫人」と挨拶している。

その名前を聞いたことがあるエヴァは、宙を見上げて記憶を掘り返す。

ほんの数秒で思い出した。

――あの露骨な招待状の送り主！

ラグロフト騎士団の発足式の翌日、香水くさい招待状がディーン宛に届いた。しかもキスマークつきで。

ディーンの恋人かとブラッドに尋ねたところ、否定はされた。しかしエヴァは、自分に本当のことを言えないだけで、付き合いはあったのではと想像している。

でなければあれほど露骨なカードを、既婚者になったディーンへ送るはずがない。

とはいえあれ以来、彼女からのカードは届かなくなった。

執務室に手紙類が届く前に、執事が簡単なチェックをしているから、その時点で抜き取っているのだろう。

——あのとき届いたカードもいつの間にか消えてたし、私に見せたくないって配慮よね。でもそれって閣下と彼女との間に、なんらかの過去があったと言ってるようなものだわ。

それを考えるだけで、叫びたいような走り出したいような、奇妙な衝動が腹の底から湧き上がってくる。

胸中で渦巻くモヤモヤを必死に抑えつけていると、侯爵夫人が貴婦人たちから離れて近づいてきた。

「はじめまして、ラグロフト公爵夫人。わたくしはアマンダ・ドーソンと申します」

彼女は一度言葉を止めて、チラッと視線をバルコニーへ向ける。

「ここは少々人目がございます。あちらでお話ししましょう」

エヴァが返事をする前に、アマンダはさっさと歩き始めた。

相手が自分に従うと信じて疑わない行動に、エヴァは頭痛を感じる。

ここで自分が違うところへ向かったら、どうするつもりだろう。それ以前に自分はまだ挨拶を返していないのだが。

しかし迷ったのは数秒で、とりあえずアマンダのあとをついていくことにした。……ここで逃げたくなかったから。

香水くさい露骨なカードを送りつけた彼女に、ずっと不愉快な気持ちを抱いていた。それにあのとき味わった、まるで挑戦状を叩きつけられたような不快感も思い出して。

貴婦人たちに嫌味を言われてもなんとも思わなかったのに、なぜかアマンダに対しては対抗心が膨らんでいく。

——閣下を取られたくない。

ディーンが自分から離れていく想像をするだけで、足元に底が見えない暗い穴が空き、転落する恐怖を覚える。

ここで引き下がりたくなかった。

——この人に負けるわけにはいかないわ。

エヴァはグッと拳を握り締めてバルコニーへ出る。

そこはランプもないのに、月の光でほのかに明るく照らされていた。

アマンダはエヴァと向かい合い、ハンカチを取り出して目元にあてつつ、涙声を漏らしている。

「どうかディーン殿下をわたくしに返してくださいませ。あの方はわたくしと結婚するはずだったのです」

ディーンとの関係を知りたくて、エヴァは反論せず、とりあえず話を最後まで聞く姿勢になった。

「ディーン殿下とわたくしは幼い頃からの婚約者同士でした。わたくしは少女のときから、あの方のもとに嫁げる日を夢見て、王子妃教育にはげんでいたのです」

だが国境紛争が勃発し、ディーンの出征が決まった。

最高指揮官として守られてはいるものの、戦死の可能性はあるし、何年も戦地から帰ってこれない場合もある。

王城関係者もアマンダの両親も婚約解消を勧め、彼女は泣く泣く受け入れたのだという。

「わたくしたちは別れたくて別れたわけではありません。ディーン殿下は今でもわたくしを慕っているとのお手紙をくださいますわ」

　アマンダはハンカチをしまうと、両手の指を組み合わせてエヴァに迫る。

「どうかディーン殿下をわたくしに返してくださいませ」

「……ではその前に、閣下が夫人に宛てたというお手紙を見せてください」

「えっ⁉」

　目を見開いたアマンダが、隠しきれないほどうろたえている。

　エヴァは、契約結婚までしたディーンが、不名誉な噂になるようなことをするはずがないと思っている。それに誠実な彼なら、好きな人ができたなら正直に告げてくれるはず。

　アマンダの様子からも、彼女の言うことは真っ赤な嘘だと察せられた。

「殿下からの手紙を見せろだなんて……夫人が嫉妬するのは分かりますが、失礼ですわ！」

「……嫉妬？」

　その言葉に心臓が大きく跳ね上がる。

　――私、この人に、嫉妬している……？

　そう思った途端、胸の奥がズキッと痛んだ。

　初夜から感じ続けるこの痛みは、本能からの警告だ。この感情と真正面から向き合ったら、まずいことになる、と。

　だからこの話を続けたくないのに、アマンダが金切り声を放ってくる。

「殿下がわたくしのもとに戻ってくるから、夫人は妬いておられるのです！　でも手紙はわたくしの大切な宝物。お見せすることはできませんわ！」

「……そうですか。では、閣下に夫人宛のお手紙について聞いてきますわ」

これ以上、アマンダと話をしたくない。……話してはいけない。

そう思って踵（きびす）を返すと、「え、ちょっ、お待ちになって！」とアマンダが悲鳴混じりの声を上げる。

それと同時に、従僕らしき若い男性がバルコニーに飛び込んできた。

「奥様！　先ほどから王妃様がお呼びで――」

エヴァの姿を認め、ハッとして口を閉じる。

王妃との言葉でエヴァはピンときた。

今、王妃のもとにはディーンがいる。つまり王妃は、元婚約者同士を引き合わせようと画策していたのではないか。

当然、そのことはアマンダにも伝えられたはず。それなのに彼女はなぜかエヴァを人気（ひとけ）のない場所に連れ出し、愁嘆場（しゅうたんば）を演じた。

それの意味するところは。

――もしかしてこの人、閣下が私と別れたりしないって気づいてるんじゃないかしら。

おそらく手紙を出しているのは、ディーンではなく彼女だ。実際に招待状が届いたのをエヴァは見ている。

しかしアマンダの様子から、ディーンの返事はないと思われた。つまり彼はアマンダを無視している。

アマンダはディーンを落とすのは難しいと感じ、元平民の方を先に崩そうとしたのではないか。

――それが本当だったら、やり方がお粗末すぎるけど。

ディーンからの返信がない時点で、諦めればいいものを。

このときバルコニーのガラス扉が開いた。

「――ここにいたのか」

よく響く低い声に、従僕がびくりと身を竦ませる。

逆にアマンダは満面の笑みを浮かべた。

「ディーン殿下！　お久しぶりですわ、お会いしたかった……っ！」

アマンダが感激した様子を見せる。

しかしディーンの方は彼女を歯牙にもかけず、まっすぐにエヴァのもとへ近づいた。

「探した」

「あ、申し訳ありません」

「いや、君を一人にした私に落ち度がある」

そう言いながら妻の腰を抱き寄せる。

まるで見せつけるような密着度に、エヴァはドキドキしつつ自分からもディーンに寄り添う。彼の肉体の硬さやたくましさを感じるだけで、胸の痛みが綺麗に消えていった。

「いやっ！　殿下、その人に触らないでっ！」

ガラスを爪で引っかくような耳障りな叫びに、ディーンがいかにも面倒くさそうな態度を隠さず、アマンダへ視線を向ける。

「私はもう殿下ではない。何か用か、ドーソン侯爵夫人」

「わたくしと結婚してください！」

ド直球の申し出に、さすがのディーンも目を丸くしている。

彼に寄り添うエヴァも、想像の斜め上に行く奇行に開いた口が塞がらない。

アマンダの背後に控える従僕は真っ青になっている。

「わたくしたちは将来を誓い合った仲ではないですか！　お約束を果たしてくださいませ！」

「……婚約は正式に解消しただろう。そして私も夫人もすでに結婚している。我が国の宗教は離婚を認めていないではないか」

「大丈夫ですわ！　王妃様がその女を死んだことにしてくださいますから！」

アマンダがエヴァに指を突き刺す。

このときエヴァは、自分の腰をつかむディーンの手に力が込められたのを感じた。

「安心なさって。本当に死んでいただくわけではありません。その方の葬儀をして戸籍に死亡と記し、国外へ出てもらって――」

「痴（し）れ者がっ！　その汚い口を閉じろ！」

怒りの大音声が響き、アマンダと従僕のみならず、エヴァもビクッと身を竦めた。

「よくも私の妻をそのような外道に巻き込もうとしたな！　断じて許さんぞ！」

「……待って、殿下……」

「今後二度と私に声をかけるな、私の前に現れるな！　――己の命が惜しいのなら」

最後のセリフが地を這うほど低く、殺気がこもりすぎていた。彼の怒りを受け止めていないエヴァでさえも、恐怖で脚が震えてしまう。

アマンダなど、その場にへたり込んでいた。

エヴァの体の震えが密着するディーンに伝わったのか、彼はすぐさま怒気を消して、妻を優しく抱き締める。

慰めるように背中を撫でてくれた。

「すまない。我を忘れた」

「いえ、大丈夫です……」

男性が殺意を交えて怒る様に怯えたが、抱き締められたことで心が落ち着いてくる。

ほう、と息を吐いてたくましい胸板を押せば、腕の中から解放してくれた。それでも離れがたくて彼を見上げれば、同じようにディーンもこちらを見つめ返してくる。

互いに目を逸らすことができず、熱っぽい眼差しを絡め合う。

どれぐらいそうしていたのか、二人きりの世界に浸っていた心地よさは、金切り声によって破られた。

「ひどいわ、ディーン殿下！　裏切者ぉ……っ」

アマンダが泣きながら去っていく。

彼女を慌てて従僕が追いかけていった。

ディーンは手すりにもたれると天を仰ぎ、うんざりした声を漏らす。

「あいかわらず思い込みが激しい……」

疲れを滲ませる様子に、これ以上、彼女のことを聞かない方がいいかなと思う。けれど気になって仕方がなくて、勇気を出して尋ねてみた。

「ドーソン侯爵夫人と、ご婚約されていたのですね」

上げていた顔を戻したディーンは、緩慢な動作で頷いた。

「ああ。年齢と身分が釣り合うということで、陛下と議会が決めたな。しかしあまりにも夢見がちで自分勝手で人の話を聞かなくて、王子妃教育も遅々として進まず、これでは王子妃など絶対に無理だと、関係者全員が悩んでハゲるほどの問題児だった」

「えっ、閣下もですか？」

思わず彼の頭頂部を見つめたら、「私はハゲてないいっ」とディーンが焦りの声を上げた。

「ですよね。失礼しました。続きをどうぞ」

手のひらを上に向けて先をうながすと、彼は納得できないといった顔つきになったが、すぐに話を続けてくれた。

「……それで、私の出征が決まったとき、ちょうどいいからと婚約を解消したんだ。彼女は泣いて抵抗したが、彼女の両親は反対しなかったな」

アマンダから聞いた話とは、全然違う。

「侯爵夫人は閣下の結婚後も、ラブレターをもらっているとおっしゃっていましたけど」

ディーンがものすごく嫌そうな顔つきになる。

「頻繁に手紙は来ているが、封を開けず燃やすよう指示しているから、内容は知らん」

「そうですか……」

心からホッとした。アマンダと会ってから、胸の奥でくすぶる不快感が綺麗に消えていく。

「それよりエヴァ。友達とやらはできたのか？」

「友達？」

言われた意味が分からず聞き返した。直後、友達を作りたいから一人になりたいと、彼を王妃のもとへ送り出したことを思い出す。

「あ、ああ、そうですね。残念ながら気の合う方はいらっしゃらなかったので……」

明後日の方角を見ながら言い訳をしたところ、視界の端でディーンが小さく笑っている。

バレバレのようだ。

「……閣下こそ、王妃様とのお話は終わったのですか？」

「話もなにも、聞くに堪えない愚痴が延々と続くだけだから、さっさと退室した」

それなのにボールルームに戻ってきたら、エヴァの姿が見当たらなくて焦ったとディーンは語る。

「まさかあの女が来ていたとはな。どうせ母上が考えたことだろう」

エヴァも同じことを考えたが、正解だったらしい。

「君はあの女に何かされていないか？」

「いいえ。閣下を返せと言われただけです」

「……それで、なんと答えたんだ？」

エヴァは宙を見上げて思い返してみる。答えはノーしかないものの、それを告げてはいない。手紙のことで言い合っていたから。

「答える前に閣下がお見えになりました」

「そうか……」

ちょっと不機嫌そうになっている。どうしたんだろう。

エヴァが彼のもとへ足を踏み出したとき、強い風が吹いて寒さから体が震えた。

「そろそろ戻るか、ここは冷える」

ディーンにエスコートされてボールルームに戻ると、楽団が曲を奏で始めた。さすが王妃が主催する夜会だけあって、音色が素晴らしくて耳に心地いい。

エヴァが楽団を見ていたせいか、ディーンが妻の顔を覗き込み、「一曲、踊っていくか?」と笑いながら口にした。

エヴァはウッと言葉を詰まらせる。

「駄目です。閣下に恥をかかせてしまいますから」

完璧な淑女であるエヴァだが、実はダンスだけはうまく踊れなかったりする。ディーンと共に屋敷で何度も練習しているが、エヴァのカクカクした動きは直らなかった。

「君、なんでもそつなくこなすのに、ダンスだけは優雅さが欠けるって不思議なんだよな」

「苦手ではないんですが、その、閣下とくっつくじゃないですか。恥ずかしくて……」

「それはまた、奥ゆかしい」

このときディーンが、ふと何かを思いついたような顔つきになる。従者を呼んでエヴァの肩にショールをかけると、出入り口ではなく中庭へと足を向けた。

月明かりで青白く染まった庭園は、幻想的なまでに美しい。どこかの窓が開いているようで、楽曲が聞こえてくる。

「外は冷えるけど、動けば体も温まるだろう」

「動く？」

ディーンが左手でエヴァの右手を軽く握り、空いた右手を彼女の肩甲骨あたりに添えて密着する。

ダンスのホールドを組んだことで、エヴァは目をみはった。

「まさか、ここで踊る気ですか？」

「ああ。ここなら誰も見る者はいない」

「ええ……」

「せっかく練習したんだ。それに今後、夜会に出る機会はほとんどないから、君と踊らずに帰るなどもったいない」

逡巡（しゅんじゅん）するものの、ディーンに捕らわれている状況なので、すでに逃げられない。エヴァは諦めて左手を彼の上腕筋に添えた。

ディーンのリードと曲に合わせ、石畳の上でワルツのステップを踏む。

さすがにディーンは慣れているようで、ぎこちなく踊る妻を見事な動きで支えてくれた。

風が止まって葉擦（はず）れも鳴らず、美しい管弦楽曲の調べだけが二人を包む。誰も観客はいない薄明りの庭で、寄り添う二つの影が優雅に舞い続けた。

エヴァは、確かに誰にも見られなければディーンに恥をかかせることはないと、無駄な力みが肩から抜ける。

そして月明りがあっても暗いことに変わりはなく、自分の顔が赤くなっても隠せるとの安心感から、自然と彼に身を任せた。

ディーンの巧みなリードによって、操られるかのように、エヴァは淑やかに気高く舞い踊る。

美しいターンを披露すれば、ディーンが整った顔を寄せて耳元で囁いた。

「上手だ」

鼓膜を揺らす魅力的な声と、肌をくすぐる吐息の温かさに、エヴァの心がどうしようもないほどときめいた。

照れくささに彼と見つめ合うことができず、眼差しを伏せて恥じ入る。

「……私、そこまでダンスが下手じゃなかったんです」

「だろうな。君の体幹は安定しているし、リズム感も悪くない」

淑女教育を受けていた頃、父親や祖父とのダンスは、元気すぎるとの注意があったものの及第点をもらっていた。

ダンスの流れやステップは体が覚えている。

「でも閣下と踊ると、どうしても足さばきが乱れてしまうのです」

彼の肉体の硬さやたくましさ、温もりや香りを全身で感じ取るたびに、心が動揺して。

「もしかして私と踊るのが嫌?」

「まさか！」

慌てて視線を持ち上げれば、目が合った。

美しいパープルサファイアの瞳に自分が映っている。

「……閣下を嫌だと思うことなど、永遠にありません……」

「……忠誠を誓ったとしても、好悪の感情ぐらいあるだろう」

「いいえ。だって、私の心は、あなたのものですから……」

私が恥ずかしく思ったり、照れて動けなくなったり、これほどまでに心を揺さぶるのは、あなただけしかいない。

ディーンが目を離さないまま動きを止めた。

まるでそのタイミングと合わせたかのように、満月が雲に隠れて月明かりが途切れる。

エヴァを見下ろすディーンの顔が闇で覆われた。

彼の表情が分からなくなると、エヴァは急に不安感がこみ上げる。大切な人が何を考えているのか読めなくて。

私を見ているようなのに、本当は違う方へ目を向けていたらどうしよう。……そんな愚かなことを考えて怖くなる。

――私を見て。どうか目を離さないで。

不安と焦燥に突き動かされて指を伸ばし、彼の輪郭を確かめるように頰を撫でる。その肌がかすかに揺れたと思ったとき、ゆっくりと彼の顔が近づいてきた。

互いの距離が狭まると、ようやく表情が見えてくる。

「あ……」

初めて見る、燃えるような熱意が赤紫の瞳に宿っていた。

もともとディーンの瞳は赤みが強めの紫だが、今は赤い色だけで光っているような幻覚を抱く。

それだけ彼の意識が燃えているようで――

気づけば唇が触れ合っていた。

驚きのあまり「閣下」と呼びそうになって唇を開けた途端、噛みつくような口づけに変わって舌が潜り込んでくる。

「んっ！」

ディーンの頭が傾き、隙間なく唇を塞がれる。肉厚の舌が縦横無尽にまさぐってくる。

目を丸くするエヴァが頭を引こうとしても、いつの間にか彼の手のひらが後頭部をガッチリつかんで、逃げられない。

ディーンの大きな手のひらは、エヴァの小さめの頭部をたやすく拘束している。もう一方の腕が、エヴァの肢体をきつく抱きすくめた。

「あ……、んっ、んふ……、ん……んぁ……っ」

流れ込んでくる唾液で溺れそうになると、彼が唇を解放してくれる。体液を飲み下して呼吸をすれば、再び口づけられて口内を隅々まで舐められる。

突然のことに混乱していたエヴァだが、深くて長いキスの最中、気持ちいい、と不意に感じ取った。

このとき自然に体から力が抜けて、おそるおそる彼のジャケットをつかんでみる。

それで気が収まったのか、彼の強引な舌使いがゆったりとしたものに変わった。奪うような激しい口づけから、触れ合いを楽しむ軽やかなものになる。

上唇と下唇を順に食(は)み、歯の一粒一粒を丁寧に舐め、唇に音を立てて吸いつく。やがてそれでは足りないとばかりに、舌を濃厚に絡ませる。

もう彼の舌が、エヴァの口内で触れていないところはない。

どれぐらいそうしていたのか、エヴァの背後から庭園を散策する他の客が現れた。若い男女は、抱き合って口づける二人を認め、「失礼しました……っ」と逃げるように去っていく。

その声で、ふわふわしていたエヴァの意識が現実に戻り、体がビクッと大きく跳ね上がった。

ぬるりと舌が引き抜かれて、ディーンが離れていく。

熱くなった口腔(こうこう)に冷たい空気を吸い込み、エヴァは目が覚めるような気分になった。

見上げるとディーンが目元を赤く染めて、親指でこちらの濡(ぬ)れた唇を優しく拭っている。

彼が壮絶なまでに色っぽいから、エヴァはときめきが止まらなくて顔が熱い。間違いなく真っ赤になっているだろう。

――私、閣下のことを……

彼が本当に自分を尊重してくれるから、愛はなくてもこの人を大切にしていきたいと心から思った。

ずっと形だけの結婚で構わなかった。

国のために何もかもを捧げたこの人を、臣下として支えることが誉れだと思った。

……でもアマンダに言われた言葉で、自覚してしまったのかもしれない。

『夫人が嫉妬するのは分かりますが、失礼ですわ！』

嫉妬とは、好意があるからこその感情だ。

好意があるから、ダンスで密着することに羞恥を感じた。なんとも思わない人間となら、触れ合っていても、「ダンスだから当然」と狼狽（ろうばい）することはないだろう。

でも本能からの警告に従って、向き合わないようにしてきた想いが心の根底に存在していた。だから無意識に人目を気にして動きがおかしくなった。

――私、なんてことを……

絶対に恋をしてはいけない男に恋をした。

『君を愛することはない』と告げた夫を好きになった。

忠誠を誓った主人に愛を抱いた。

……彼の信頼を裏切ってしまった。

その罪深さを理解したエヴァは、顔を蒼白にして後ずさる。

すぐさまディーンが慌てた表情で妻を抱き留めた。

「すまないっ。その、いきなり淑女の唇を奪って……」

どうしてキスをしたかなんて考える余裕もなかった。混乱と羞恥と、彼に切り捨てられる怯えから意識が遠のく。

焦りまくるディーンの表情と声が遠く、薄れていく。

エヴァが瞼を閉じたのと同時に、意識がプツッと途切れた。

◇　◇　◇

ディーンは衝動的にエヴァに口づけた後、気を失った彼女を抱き上げて馬車に運び、急いで公爵邸に戻った。

意識を戻さない妻を一人にできるはずがなく、まっすぐ自分の寝所へと運ぶ。背後でブラッドが何かわめいていたが、それどころではなかったので無視した。

ドレスを脱がせるのはさすがに侍女に任せ、寝衣に着替えさせるよう指示する。それでもエヴァは目覚めなかった。

ディーンは今、寝台に横たわる彼女のそばで椅子に座り、その眠りを見守りながら後悔し続けている。

エヴァの顔色はあまりよくない。……そりゃあ、契約結婚した夫にいきなり唇を奪われたら、驚く以上に混乱するだろう。

――やってしまった。

ディーンはエヴァの右手を握りながら深く反省する。

『閣下を嫌だと思うことなど、永遠にありません』

『私の心は、あなたのものですから』

愛する女（ひと）にそんなことを言われたら、男は興奮する。

あのとき、彼女から純潔を捧げられたような幻想を抱いて、頭が真っ白になり欲望を抑え込めなかった。

初めて触れた唇は甘くて柔らかくて温かくて、とても気持ちよくて離れがたくて、延々と口づけに溺れた。

まさか失神されるとは思わなかったが。

——ちょっとがっつきすぎた。初々しい反応があまりにも可愛くて。

すべて自分が悪い。本当に申し訳ない。

エヴァは安易に手を出してはいけない人なのに。

「何をやってるんだ、私は……」

兄王子と継承者争いを起こさないため、武門貴族の暴走を抑えるため、彼女と白い結婚をする必要があった……オーウェル侯爵家への金銭援助と引き換えで。

婚約を強要してはいないが、破産寸前で死にそうになっているオーウェル侯爵へ話を持っていけば、必ずエヴァを差し出すと分かりきっていた。

彼女自身は、オーウェル侯爵家を没落から救ってもらったと感謝している。しかしこの結婚はそんな美談ではない。

だからこそエヴァを尊重し、大切にして、幸せになってほしいと身勝手なことを考えた。

夫に愛されない妻が幸せになるはずがないのに、自分の罪悪感を減らしたいがために愚かなことも告げた。

『好きな男と家庭を築いてもらっても構わない。君が屋敷を出ていってでも補佐の仕事は続けてもらうが、妻として尊重するし、子どもが生まれたら養育費は出そう』

初夜の翌朝に告げたことを、彼女は忘れてくれただろうか。……いや、そんな都合のいいことは起きないだろう。聡明な彼女なら必ず覚えている。

もうずっと前から、あの言葉を撤回して初夜をやり直したかった。

それに後になって気づいたのだが、子どもさえ作らなければ、彼女と愛し合うこともできるのだ。

……それこそ自分に都合がよすぎる提案だが。

彼女と結婚を決めたときは、こんな単純なことさえ思い浮かばなかった。手に負えないほど勢いづく武門貴族をどう抑えるべきか、毎日悩んでいたから……

ディーンは隣国と停戦条約を結んだ後、戦死した傭兵にも個人資産から恩賞を与えたいと、彼らの遺族を調査していた。

その際にレイフの家族について知った。

妻が亡くなり、未成年の一人娘はオーウェル侯爵家に引き取られたと。

それなら豊かな生活を送っているだろうと思ったのに、娘は使用人として使役されて、しかも領地運営まで押しつけられていた。

彼女は、レイフが幸せになってほしいと願った娘だ。自己満足だが助けたいと思った。

けれどこのとき悪魔が耳元で囁いた。平民女性と結婚したら、武門貴族もショックを受けて、私を王位に就けることを諦めるだろうと。

おあつらえ向きに彼女は領地運営の経験もある。一時期は財政を立て直したそうで、事業の才覚もあった。

——彼女しかいない。

天の配剤とはこのことかと、そのときは胸が弾んだ。

確かに最初は彼女を助けたいと本心から思っていたのに、いつしか彼女を利用する方向に気持ちが傾いていた。

こんな結婚を彼女の父親が知ったら、自分は殴られるだろう。

そういう男だった、彼は。

『——アルバート殿下！』

初めてレイフと会ったときのことは、よく覚えている。

戦場で敵の猛攻に遭い、護衛騎士たちとはぐれて、森を単騎で逃げていたとき、右翼から騎馬隊が迫ってきた。

追っ手かと剣を抜いた直後、先頭を走る兵士はこちらを見て目を見開き、アルバート殿下と父王の名前を叫んだ。

陛下ではなく殿下。しかも国王に瓜二つと言われる自分の顔を見ての反応。

父王の王太子時代を知る者だと悟った。

レイフは信じられないほど強い男だった。追走してきた敵兵を、一人で残らず斬り倒したのだから。

彼は、国境紛争に参戦する辺境伯家に雇われた傭兵だった。

荒くれ者にしては立ち居振る舞いが美しく、自分の足元に跪いて名乗るその姿は、薄汚れていても間違いなく騎士の誇りを持っていた。

元近衛騎士を、古参の将軍たちはほとんどが覚えていた。

『奴があのまま騎士を続けていれば、私の地位は取って代わられていたでしょう』

そう言わせるほどの剣豪であり、智将（ちしょう）でもあった。

レイフと話す機会はそれほど多くなかったが、在野にあっても王家への忠誠心を忘れない、まさしく〝第一の忠臣〟との尊称がふさわしい騎士だった。

彼の戦死の報を聞いたときは、自分だけでなくすべての将軍が嘆いていた。

レイフは、辺境伯当主が隣国の奇襲攻撃を受けたとき、主（あるじ）を逃がすために小隊の殿（しんがり）を務め、敵将と相打ちになったという。

その将が敵軍ではナンバーツーの武官で、実質の総大将だった。本当の最高指揮官は自分と同じ王子だが、実戦経験はないお飾りで、しかも守られるだけのボンクラだ。

司令官を失った敵軍は一気に崩れた。

そこから自国が攻めまくり前線を押し上げ、とうとう停戦条約を結ぶことができた。

国境紛争の分岐点（ターニングポイント）は、まぎれもなくレイフが敵将を討ったときになる。

彼こそが国境紛争における真の英雄だ。でも傭兵の彼は騎士と違って、国から何も保障されない。

だからこそ彼を含む傭兵たちに報いたいと思った。

本来なら、レイフの娘をオーウェル侯爵家から救い出した後は、恩賞を彼女に渡し、就職先を斡旋(あっせん)するべきなのだ。

今からでも、彼女が生きていた世界へ戻してやるのが、正しい行いではないのか。

――それができたら、どんなにか……

もう遅い。もう、彼女を手放すことなんてできない。

心から愛してしまったから。

このとき遠慮がちなノックの音がかすかに響き、ディーンの思考が途切れて意識が覚醒する。

ハッとして顔を上げたディーンは、自分がエヴァの眠る寝台に突っ伏し、転寝(うたたね)をしていたことに気づいた。

「いつの間に……」

だからレイフのことを思い出したのかもしれない。

ディーンは軽く頭を振ると、返事をせずに自分で扉を開ける。

目が合ったブラッドは、ギョッとした顔つきになった。

「閣下。相手を確かめてから開けてくださいよ」

「この屋敷でここまでたどり着ける侵入者などいないだろう。何か用か？」

「夫人の持ち物のことで、お耳に入れたいことがありまして」

一瞬、何を言っているか分からなかった。エヴァの私物がなんだというのか。

「それは今、報告するほどのことなのか？」

「報告するほどのことです。――武器が出てきました。閣下のご判断をいただきたい」

ディーンは眉をひそめた。騎士団が把握していない武器の持ち込みは確かに問題だが、こんな夜中に確認することだとは思えない。

まあ、エヴァが目を覚まさないうちに済ませたいのだろうが。

やる気のなさそうなディーンに対し、ブラッドは引く気を見せない。仕方なく彼女の私室へ向かうことにした。

「夫人が中身の分からないものを持ち込んだじゃないですか。覚えています？」

「ああ。封印された箱だろう？」

「ようやく部下が開けることに成功しまして」

「まだ調べていたのか」

感心するより、その執念に呆れてしまう。自分は箱の存在をすでに忘れていたのに。

ブラッドは無言でエヴァの私室の扉を開け、スタスタと奥へ進む。

その躊躇（ちゅうちょ）のなさに、ディーンは不快感を覚えた。

エヴァの嫁入りのときから、部下がこの部屋を調べているのは知っている。けれどこうして目の当たりにすると、自分以外の男が妻の私室を漁（あさ）っていたのだと突きつけられ、吐き気を覚えた。

そしてそれを許し、止めていなかったのは自分なのだ。

グッと拳を握り込んで己への怒りに耐える。自分を殴るのはあとでもできることだ。

ブラッドが向かった先は隣室の衣裳部屋で、その部屋の扉は大きく開かれていた。

ディーンが近づくと控えていたメイドが頭を下げる。

「彼女は俺の部下です。夫人の荷物は彼女が調べていました」

ブラッドが直接、エヴァの私物を触ったわけではないと安堵を覚える。

メイドが足元にある木箱の蓋を開けると、そこには細身の長剣と、二本の短剣が収められていた。

ディーンは長剣の方を手に取ってみる。

「軽いな」

おそらくエヴァの体格と筋力に合わせた剣なのだろう。

鞘から剣身を抜いてみれば、きちんと砥がれて切れ味はよさそうだ。使い込まれており、持ち主の愛着を感じさせる。

完全に実用性を重視した剣だ。短剣も同じ用途だと察せられる。

護身用に持ち込んだと言い訳もできるだろうが、まず公爵夫人が自ら身を守る必要はない。

そしておそらく、護身用でもない。

「――閣下。よろしいでしょうか」

ブラッドがメイドをうながすと、彼女は迷いのない口調で話し出した。

いわく、エヴァは毎朝、起床時刻よりもかなり早く起きて何かをしているという。ただ物音が聞こえるものの、部屋の鍵をかけているため中で何をしているかは分からない。

その後は必ず湯浴みをする。

寝衣は毎日、寝汗にしては不自然なほど濡れているとのこと。

「あと、気を失った奥様のお着替えを手伝ったのですが、太ももに革のベルトで短剣を装備していました」

あの美しい姿で武装していたと聞いたディーンは、あまりの意外性に噴き出してしまった。

「閣下。笑い事ではありません」

ものすごく渋い顔でブラッドが呟いた。

「すまんすまん。だがまあ、特に問題があるとは思わない」

「は？　……って、問題ありまくりです！　閣下を暗殺する可能性だって出てきたんですよ！」

「殺す機会なら今まで山のようにあった。それでも実行してないんだから、今後もないだろう」

「そんなの分かんないじゃないですか！　閣下を殺して安全に逃げられる好機を狙ってるのかもしれない！」

「そんな都合のいい好機とやらを、おまえたちは見逃すのか？　その目は節穴か？」

ブラッドが、グゥッと唸(うな)り声(ごえ)を漏らしながら口を閉じた。

常に護衛の目が光る主人を暗殺し、なおかつ無傷で逃げおおせるなどありえない。

そして警備の責任者であるブラッドが、その可能性を「ある」と認めることはプライドが許さなかった。

「私はもう休む。その箱、きちんと元通りにしておけよ」

ヒラヒラと手を振って部屋を出ようとしたディーンだったが、あることを思い出して振り向いた。

「ブラッド・チアーズ」

めったにフルネームを呼ばない主人の珍しい呼び方に、ブラッドが「はい！」と背筋を伸ばす。

「今後、私の許しなく我が妻の部屋に立ち入ることを禁ずる」

「えっ⁉」

「破ったときはその首が落ちるときだと思え」

そう言い放って自室に戻った。

エヴァは眠ったままで、穏やかな寝息を立てている。その姿に途方もなく安心した。彼女が穏やかな時間を過ごしていると実感できて。

ディーンは妻のなめらかな髪を指に絡め、口づける。

「君、いつも武器を隠し持っていたのか？」

そんな淑女、見たことも聞いたこともない。

しかも朝早くから起きて汗をかくことをしていた……おそらく体を鍛えていたのだろう。筋力がなければ剣はあつかえない。

なんのためにそんなことをしていたのか。屋敷内で身の危険を感じたというわけではないだろう。

だとしたら――

「……私を守るためだったのか？」

妻は〝第一の忠臣〟の末裔だ。彼女なら外敵にすべての護衛が突破されたら、剣を持って夫の盾となる覚悟ぐらい抱いているのではないか。

彼女の父親が、かつて守った王太子をディーンに重ねたように、彼らの忠義はおそらく永遠だ。

『閣下を嫌だと思うことなど、永遠にありません』

……そう。エヴァが夫に向ける想いは愛なんかじゃない。そんなこと初夜のときから自分が一番よく分かっている。

分かっているのに、その忠誠心を思慕として受け止めた。

己の願いそのままに。

「……君を、愛している」

彼女の想いが忠義でしかなくても、この気持ちをなかったことにするなんてできない。

「覚悟してくれ、エヴァ……」

形だけの夫婦なんて耐えられない。プライドを投げ捨てても、たとえ彼女の足元に額ずいてでも、その愛がほしい。

ディーンは上がけのシーツを持ち上げ、エヴァの隣にそっと滑り込む。彼女の眠りを妨げないよう、ゆるく肢体を抱き締めて目を閉じた。

第五章

エヴァが目を覚ますと、吐息が肌に触れるほど近くにディーンが眠っていた。

体がビギッと岩のように硬直する。

この状況には覚えがあった。領都で新領主夫妻のお披露目をした後、一緒の寝台で眠った翌朝と同じだ。

そろっと視線を動かして辺りをうかがえば、見たことのない天蓋と部屋の内装が認められた。客室だろうか？

——っていうか私、なんでここにいるの？　なんで閣下と一緒に寝てるの？

焦りながら眠る前のことを思い出そうとする。

王妃の夜会へ向かい、ドーソン侯爵夫人と対峙し、ディーンと庭園で踊って……口づけされた。思いっきり濃厚で卑猥なキスを。

口づけとは、唇が触れ合うだけの行為だと思っていた。が、それは児戯に等しい思い込みであると、実地で教え込まれたのだ。

エヴァの顔面が一気に熱くなる。

——初めての口づけは甘酸っぱいとかふわふわしてるって聞いてたのに、あ、あんなっ、いやらしいものだったなんて……っ。

大人の階段を一気に登るようなキスは、思い出すだけで目が回りそうになる。ヒィヒィと一人で悶えていたら、体に巻きついた腕に抱き締められた。

エヴァは身を固くする。

「……おはよう」

「おっ、おお、おはよう、ございます……」

緊張から声が震えてしまった。

なぜなら領都で同衾した翌朝、エヴァが寝所を出たとき、ディーンは眠っていた。そのためこんなふうに寝台で挨拶を交わしてないのだ。

硬直して動けないでいると、ディーンが背中をゆっくり撫でてくれる。

今までも妻が動揺したとき、彼はよくこうしてなだめてくれた。自分は、そんな彼の手の感触と温もりが好きだった。

とても大切にされていると感じられるから。

少しずつ心が落ち着いてくる。

「……昨夜、いきなり気を失ったから驚いた」

「すっ、すみません……」

「いや、私が悪い」

何が悪いのかと考えてしまえば、やはり口づけだろう……

とはいえ、「なぜ口づけたのですか?」と聞くことはできなかった。それどころではなくて。

――まずいわ。生娘の私には刺激が強すぎて、思い出すたびに頭がおかしくなりそう……っ!

思考がグルグルと空転して再び気絶しそうだ。正常な判断が働かなくなる前に、口づけ以外のことを考えねば。

「かっ、閣下は、悪くありません。その、気絶したのは、コルセットを締めすぎたのが、原因と思われますから……」

「それは侍女がやったのか?」

いきなりディーンの声が冷ややかなものに変わる。

怒りを感じさせる口調に、エヴァは慌てて否定した。

「違いますっ。私はコルセットをどこまで締められるか、いつまで根性で耐えられるか、挑戦していたんです。それで自滅したというか……」

己の馬鹿な行動に、今になってへこんだ。

『奥様は腰が細いですが、これ以上は締められません……っ』

額に汗を浮かべて奮闘する侍女の忠告を、素直に聞いておくべきだった。それか夜会のときぐらい、コルセットをゆるめるべきだった……

ディーンが噴き出したので、抱き締められる自分も体が小さく揺れる。

「まったく、君は本当に予想外のことをする」

声が元に戻ったため、エヴァはそろそろと視線を持ち上げた。

ディーンがとても優しい眼差しでこちらを見つめている。

その瞳や表情が、なんだかいつもと雰囲気が違うと感じた。見ているだけで胸が高鳴ってくる。

まるで、彼に心から愛されているようで。

「エヴァ、君に話がある」

「はい」

すぐさま頷いたのと同時に、「あの、ここでですか？」と首をかしげてしまう。まず起きるべきではないか。

「そうだな。大切な話だから、君にきちんと伝えたい」

ディーンは妻の額にキスをしてから寝台を下りる。

彼の温もりが消えた途端、エヴァは心に隙間風が吹いたような気持ちになった。

「では朝食のときに話そう。また後で」

そう言い置いて、ディーンは朝の鍛錬へ向かった。

広い背中を見送ったエヴァは、行かないで、と心に浮かび上がった心情にハッとする。

寝台に座り込み、気づいてしまった己の恋心に愕然（がくぜん）とし、放心したまま動けなかった。

——閣下を好きになったこと、絶対に知られては駄目。

これは契約違反だ。しかも、国のために平民女と結婚した彼の覚悟を、土足で踏みにじる行為でしかない。

だからこそ本能は警鐘を鳴らしていたのだ。己に芽生えた感情——恋心と真正面から向き合ったら、まずいことになると。

本心を認めたら、つらくなるだけだから。

ズキズキと胸が痛んで止まらなかった。この痛みは、約束を破ったことへの代償なのかもしれない。

愛した男のそばで、死ぬまで愛していないふりをする。永遠に愛されないことを受け入れる。

……その痛み。

エヴァは強く拳を握り締めた。

「だから何よ。閣下のおそばにいられるなら、なんてことないわ」

あの方は夫であって、夫ではない。己が命をかけて仕える主人だ。

行き場のない恋心より、捧げられる忠誠心の方が、まだましだ。

エヴァは己に活(かつ)を入れて寝台を下りる。自分もまた朝の鍛錬をこなそうと気合いを入れた。


毎朝、エヴァは同じ時刻に食堂へ向かい、ディーンが来るのを待つのが日課だ。

待つといっても大した時間ではないが、今朝は心臓が落ち着かなくて、彼が来るまでやたらと長く感じていた。

……それというのも今朝、自分の部屋に戻ろうと寝所を出たら、廊下には侍女が待機しており自室まで案内してくれた。ちょうどいいので、なぜ自分があの部屋で寝ていたかを尋ねてみると、彼女はいい笑顔で教えてくれた。

『もちろん旦那様が運ばれたからです。あそこは公爵閣下のお部屋でございますから』

思わず足を止め、出てきた扉を振り返ってしまった。

——なんで閣下と一緒に寝てたのか分かった……本人の部屋なら、いても当然よね。

しかしエヴァの部屋に運んでくれたらいいものを、なぜディーンの部屋だったのか。よけいに混乱して朝の鍛錬に集中できなかった。

ふう、と小さく息を吐いたとき、ブラッドを従えたディーンが現れる。

すでに朝の挨拶は交わしているため、エヴァは立ち上がって頭を下げるだけにとどめた。

このとき、下げた視界に彼の両脚が入った。ディーンが目の前に立ったと理解した瞬間、脇下をつかまれて体が浮き上がる。

「えっ」

縦抱きにされて、初めて彼を見下ろす構図になった。

ざわっと食堂内の空気が揺れる。エヴァはそれさえも気づかないほど混乱した。

「かっ、閣下……？」

ディーンは微笑むとそのまま主人の席に腰を下ろし、妻を膝の上に乗せた。

エヴァは驚愕(きょうがく)のあまり、口を開けたり閉めたりと言葉が音にならない。

「話があると言っただろう？」

「え、あ、はい、そうですね……」

——でも、なんで膝の上に乗せるんですか？

との疑問は、あまりにも驚きすぎて口から出てこなかった。

ディーンが執事に目配せしたので、執事を含む使用人たちはすぐさま動き出す。……口をあんぐりと開けたブラッドのみ、突っ立ったままだ。

執事がエヴァ用の食事を女主人の席に用意し始めると、ディーンが、「ここへ置いてくれ」と自分の目の前を指した。

常に冷静沈着な執事が、大変珍しいことに動揺を露わにしている。

「……かしこまりました」

エヴァの食事までもディーンの前に……二人の前に二人分の食事が並べられる。

彼の意図を察したエヴァは心の中で悲鳴を上げた。

「待ってください！　自分の席で食べます！」

「私は君を愛(め)でながらがいい」

「めっ、めでっ……！」

「君の父君は、奥方を膝の上に乗せていたんだろう？」

なぜ知っているのかと思った直後、領都で過ごした夜に、彼へ話したことを思い出した。

「はい、そうですね……」

「ならば私が君を膝に乗せてもおかしくはない」

夫婦ならおかしくはないだろうが、自分たちは契約結婚の形だけの夫婦だ。それ以前に、元王子の彼がこんな無作法をするなんて。

「……このままだとすごく食べにくいですわ」

「私が君に食べさせよう」

ヒッ、とエヴァの喉から、かすれた悲鳴が押し出された。

「席にっ、席に着かせてくださいぃっ」

涙声が出てしまったのは仕方がないと思う。

確かに父が母に食事を食べさせてあげることも、結構あった。が、決して衆人環視の中ではない。

あれは見る方も恥ずかしかったりするのだ。

自分の両親が仲睦まじいのは喜ばしいことだが、直視しにくいので、エヴァは早々に食事を終えて自室へ退散していた。

エヴァが泣きそうな表情になったため、ディーンは不承不承といった様子で妻を解放する。

彼の気が変わらないうちに急いで自席に着いた。

執事とメイドが緊張感を孕(はら)ませつつ、エヴァの食事を女主人の席へ再び移してくれる。使用人たちも、ディーンの突然の御乱心にうろたえていた。

——本当に、どうしちゃったんです閣下……!

動揺が収まらなくて、皿にナイフが当たり音を立ててしまう。こんな無作法などしたことがないのに。

落ち着け、と自分に言い聞かせつつ、気を紛らわせたくて話の接ぎ穂を探した。

「えっと、お話があるとおっしゃいましたが、どのようなことでしょうか?」

「ああ、今後についてだ」

「お仕事の話ですか?」

「いやプライベートだ」

なんの話だろう？　閣下のプライベートとは。

ふとこのとき、衣裳部屋にある木箱のことを思い出した。

今朝、鍛錬の際に剣を取り出そうとしたら、蓋と本体との間に挟んでいた隠し糸が床に落ちていた。

とうとうパズルの鍵を開けられたらしい。

——話って、それのことよね。

エヴァは表情を引き締める。

主人を守るためとはいえ、武器を持ち込んだことに変わりはない。きちんと申し開きをしなくては。

それに昨晩は侍女が着替えさせてくれたので、太腿に装着していた短剣も見られているだろう。

今まで、下着とアンダードレスだけは自分一人で着ていたからバレなかった。でも、いつかは気づかれると思っていた。

「それでしたら、二人きりのときにお話しくださいますか」

ちらりと使用人たちへ視線を向ければ、エヴァの意図を読み取ったディーンは、ふむ、と頷いた。

「では執務室のほうがいいな」

「いえいえ、執務室では仕事をしましょう」

「私の奥様は本当に働き者だ。では午後でもいいか？」

「お願いします」

土下座して詫びる必要があるため、なんとしても昼までには仕事を片づけよう。

エヴァは頭の中で本日の予定を確認しつつ、食事を再開した。

午前中は溜まった書類をさばき、早めの昼食を済ませた。食後はディーンと二人で談話室へ移る。

「さて、何から話そうか」

ディーンが口火を切ってエヴァが身構えたとき、ノックの音がして執事が青白い顔で入ってきた。

「旦那様。ドーソン侯爵夫人がお見えになったのですが……」

ディーンの表情が瞬時にしかめっ面になる。

「追い返せ。そんな予定はない」

「それが、すでに朝一番に先触れを出したとのことで……なんでも閣下からお断りの返事が来なかったため、了承ととらえたそうです」

エヴァとディーンは顔を見合わせてしまう。

アマンダは先触れに返事が来ないことを逆手に取り、都合のいいように解釈したというわけだ。なんという厚かましさだろう。

「しかも侯爵夫人が、すでに馬車から降りてしまいまして……」

夫人は正門から中に入れないので、夜会での謝罪と結婚を祝う品々を持って、門の前で従者と共に待機しているという。

さらに馬車を返してしまったため、まさか歩いて帰れとも言えず、追い返すことも無視することもできない状況だった。

エヴァは驚きすぎて激しく目を瞬く。安全上、貴婦人は敷地に入る前に馬車を降りることはない。そこまでするとは。

ディーンが忌々しそうに舌打ちした。

「あの毒婦め。そういう悪知恵だけは働くんだよな」

「閣下。私が対応いたしましょうか？」

「エヴァが？」

「はい。夜会の詫びと結婚のお祝いだとしたら、私が当事者です。わざわざ閣下がお出ましになる必要はありません」

「いや。君を一人で近づけるわけにはいかない。……仕方ないな。今度こそ引導を渡してやる」

怒りを滲ませた声を漏らし、執事に言い放った。

「奴らに馬車を出す必要はない。歩いてここまで来させろ」

公爵邸は正門から正面玄関(エントランス)までかなりの距離がある。侯爵夫人にその道のりを歩かせるなど、招かれざる客だと告げているようなものだ。

まあ、その通りなのだが……

その間、使用人たちは急いで応接間を整え始めた。

さすがに話を続ける気にならず、エヴァとディーンは侯爵夫人一行が来るまで、他愛(たあい)ない話をしてお茶を飲んでいた。

やがて執事が呼びに来たため応接間へ移動する。部屋へ入ったのは公爵夫妻のほか、護衛のブラッドと、祝いの品に対応する執事の四名だ。

応接間にはアマンダの他、お付きの侍女らしき若い女性と、体格のいい従僕の三人がいた。一人掛けの椅子に座るアマンダの背後に、二人の従者が彼女を挟むような位置で立っている。

エヴァは淑女の微笑みを浮かべたまま、男の方を観察した。

——普通の人っぽいけど、違うんだろうなぁ。

狙っているのはディーンか、エヴァか。

——まあ、私よね。

そう思いつつ、長椅子に座ったディーンの隣に腰を下ろす。彼の横にブラッドが立ち、執事は入り口の扉の脇に控えた。

アマンダがうっとりとディーンを見つめて嬉しそうに微笑む。

「ディーン殿下。こうしてお会いできることに幸せを感じ——」

「御託はいい」

口上をぶった切って、ディーンはアマンダを睨みつけた。

「昨夜、二度と私の前に現れるなと告げたはずだが、命が惜しくないようだな」

「ひどいわ、殿下。今日はお祝いの品を持ってまいりましたのに」

「必要ない。ドーソン侯爵が愛人に入れ込んでいるからといって、私で憂さ晴らしをしようなど、大迷惑だ」

えっ、と驚いたエヴァが視線をディーンへ向ける。そんなことは初耳だ。

妻の視線を感じ取った彼は肩をすくめた。

「夫人からの手紙が届くようになって、何が起きているのか調べたんだ。ドーソン侯爵は愛人が暮らす別邸に入り浸り、本邸には帰ってこないらしい。どうせそのことが我慢ならず、元婚約者の私に鞍替えしようなどと思いついたんだろう」

視界の端で、アマンダの顔から表情が抜け落ちた。扇を握り締める手が震えている。

「……殿下、夫のことは関係ないですわ」

「関係あるから言っている。夫人は王子の元婚約者ということで、望まれてドーソン侯爵家に嫁いだそうだな。しかし結婚後は家政に興味を持たず、毎日お茶会を開き、商人を呼んで散財する放蕩ぶり。侯爵が妻の役目を果たせと迫っても、なんだかんだ言い訳をするか、泣いて逃げだす始末。それで夫君は妻に嫌気が差して愛人に走った。そうだな？」

「ひどい……っ」

「プライドが大いに傷ついたから、私の方がよかったと安直に考えたんだろう？　ちょうど王妃が私の妻を排除しようとしていたから、利害が一致して手を組んだんだな？　平気で人の尊厳を踏みにじることを企むとは、愚かとしか言いようがない。心から軽蔑する」

このときディーンが妻の肩を抱き寄せた。

エヴァは彼にしなだれかかる姿勢になる。

「詫びと祝いの品など不要だ、持って帰れ。私の愛する妻はエヴァ一人だ。おまえのような女と同じ部屋にいるだけで吐き気がする。失せろ」

——閣下、容赦ない。

アマンダのような話を聞かない人間には、プライドをへし折ったうえ、みじん切りにする方法に変えたらしい。

アマンダはボロボロと涙を零し、ディーンではなくエヴァを憎々しげに睨みつける。

視線で人が刺せそうなほどだが、エヴァはひるむことなく正面から受け止めた。

エヴァだって腹を立てているのだ。アマンダの身勝手で、人の夫にちょっかいをかけられたくない。

「……おまえさえ、おまえさえいなければ、ディーン殿下はわたくしのものだったのにぃぃっ！」

甲高い声を放ち扇でエヴァを指した直後、従僕がエヴァに飛びかかる。

もちろんそれを読んでいたブラッドが立ち塞がり床に押さえ込んだ。同時に侍女が短剣を抜いてエヴァに飛びかかる。

ディーンは無表情で侍女の剣を持った腕を捕らえ、目にも止まらぬ速さでみぞおちに拳を叩き込んだ。侍女が絶叫を上げながら後方の壁へ吹っ飛ぶ。

その隙を突いて、誰も注目していないアマンダが動いた。扇に仕込んでいた小型ナイフでエヴァに斬りつける。

まさか夫人自ら襲撃するとは誰も考えておらず、ディーンとブラッドの反応が遅れた。

「エヴァ！」

だが刃物が届く直前、体を伏せたエヴァは夫人の足を払った。あっさり床に転がった彼女の腕をねじり、軽々と拘束する。

「えぇっ⁉」

驚愕の声を漏らしたのはブラッドだった。

普通の女性は刃物を向けられたら恐怖で一歩も動けないので、目玉が零れ落ちそうなほど目を見開き、エヴァを凝視している。

……そんなに見つめないでほしい。

この事態に動けなかった執事が我に返り、「賊が出たぞ！」と廊下で叫ぶと、騎士たちがなだれ込んできた。

「離しなさいぃ！　わたくしを誰だと思っているのっ！　ドーソン侯爵夫人よおぉっ！」

エヴァが、奇声を上げて暴れる夫人を騎士に引き渡すと、ディーンに抱き締められた。

「無事だな？」

「もちろんです。父から体術や剣術など、教え込まれていますから」

それに、と言葉を続けたエヴァはディーンから離れると、ドレスのスカートをめくり上げる。

「武器も持っています」

太ももにある短剣を取り出そうとしたら、ディーンがものすごい勢いでスカートを引き下ろした。

「そういうことは私一人のとき以外、しないように」

「あ……そうですね。すみません」

この場にはブラッドや騎士たちがいる。全員、エヴァを見て頬を染めていた。

目を吊り上げたディーンが周囲へ鋭い視線を向ける。

「今見たことを記憶から消すように。覚えている奴は斬る」

「……はい」

ブラッドと騎士たちの顔に、「ものすごく理不尽なことを言われた」と書かれている。

エヴァも同じことを思ったので、ちょっと笑ってしまった。

王都の警吏にアマンダと刺客たちを引き渡した後、ドーソン侯爵家にこの件を伝えると、侯爵当主がラグロフト邸にすっ飛んできた。

ディーンの足元で床に這いつくばって詫びる彼は、顔色が青白いを通り越して土気色になっている。なにせ元王子に刃を向けたのだ。家族は無関係だとしても、まったくの無罪とみなされないのが、この時代の考え方である。

そのため侯爵はかわいそうなぐらい震え、怯えていた。

今回の事件は、アマンダがエヴァを傷つけようと計画したのだが、ディーンは自分が被害に遭ったとして話を進めている。

その方が罪が重くなるからだ。

ラグロフト公爵は臣籍降下したとはいえ、王位継承権を保有している。彼に殺意を向ける行為は、

王家への反逆ととらえられる。

すなわち大逆罪が適用されるのだ。

さすがにエヴァは、「処刑までしなくてもいいのでは？」と思うけれど、ディーンがアマンダに怒り心頭なので口を挟めない。

彼はドーソン侯爵を連座にするつもりはないものの、アマンダの手綱を握っていなかったことによる、相応の償いはしてもらうと告げた。

それからすぐ、アマンダの両親であるオリファント侯爵夫妻も駆けつけてきた。

彼らもまたディーンの足元に額づき、「どうか娘の命だけはお助けください！」と命乞いしたため、エヴァは勇気を出して、「私も処刑までは望みません」と伝えておいた。

ディーンは不機嫌そうに、本当に不承不承といった体で頷いてくれた。

「君が望むなら仕方ない。……では王領にある鉱山へ送り、炊事婦として働いてもらおうか」

その採掘場では、強制労働刑に処された罪人が数多く働いているという。

どのような労働環境か想像がつくため、エヴァは背筋が粟立つのを感じた。

「修道院に入っていただくとかでは、駄目なんですか？」

「あの女が神に祈って改心するはずがない。神も不信心な信徒から適当な祈りを捧げられても迷惑だろう。死ぬまで肉体労働に従事してもらう」

――閣下、容赦ない。

処刑と終わりなき肉体労働では、どちらがいいのだろうか。

自分だったら間違いなく後者だが、高位貴族の貴婦人は働いた経験がないので、厳しい贖罪になるからなんとも言えない。

ここでディーンが王城に出向いてしまったため、これ以上の譲歩は引き出すことができなかった。


ディーンが公爵邸に帰ってきたのは、かなり夜遅い時刻だ。

彼は食事を用意するよう執事に命じると、出迎えた妻を優しく抱き締める。

「ただいま。一人で怖い思いはしなかったか？」

「ふふっ、大丈夫です。お帰りなさいませ」

夜会から今に至るまで、このように抱き締められる回数が増えている。嫌ではないしすごく嬉しいけれど、いつか自分の気持ちを見抜かれそうで、少し怖い。

「もう食事は済ませたか？」

「いえ、閣下をお待ちしていました」

「それなら一緒に食べよう。……もう遅いから食堂で食べるのは面倒だな。私の部屋に運ばせるか」

「閣下のお部屋ですか？」

今までそのような誘いを受けたことがなかったのと、今朝のことを思い出してドキドキする。

「ああ、話があると言っただろう？　私の部屋なら二人きりになれる」

「そうでした！　ではお邪魔させてください」

公爵夫人が土下座で謝罪するところなど、さすがに使用人に見せたくない。彼の私室なら好都合だ。

ディーンが執事に、「軽食を二人分、部屋に運んでくれ」と言い直した。

彼と共に三階にある主人の私室へ向かい、ディーンに続いて部屋へ入ろうとしたところ、背中に視線を感じて振り返る。

ブラッドが泣き出しそうな顔で見つめてくるではないか。

「どっ、どうされましたか？　チアーズ総長」

初めて見る表情に驚いて彼に近づこうとしたら、背後からディーンがこちらの脇の下をつかんで持ち上げてきた。今朝のように縦抱きにされる。

「えぇっ？」

「どうもしない。ブラッドなど放っておけ」

言うやいなや、ドアを閉めてしまった。

本当にいいのだろうか。本気で泣きそうな様子だったのに……

動揺しながらも、ディーンが着替えている間は大人しく長椅子に座って待つことにした。……すぐに落ち着かなくなってソワソワと動いてしまう。

寝所へ続く扉を見るたびに、今朝のことを思い出してしまうので。

居心地の悪さを覚えていたら、ディーンがシャツとトラウザーズという簡素な服に着替えて戻ってきた。

「どうした？」

「あ、えぇっと、閣下の部屋、今日初めて入ったなと思って……」

「そうだな。今後は使わないだろうが」

「え？　この部屋をですか？」

どうして、との疑問には答えず、ディーンは微笑んでエヴァの隣に腰を下ろすと、妻を膝の上に乗せた。

「あっ、あの、閣下、これ、恥ずかしいです……」

「慣れてくれ。私は常に君を愛でていたい」

「はぅ……っ」

朝食の席でもそんなことを言われたと思い出す。でも急に砂糖菓子のように甘くなるなんて、本当に何があったのだろう。

エヴァがうろたえているとノックの音が響いた。

ディーンが迷うことなく、「入れ」と声をかけたため、エヴァは猛烈に焦る。

「ちょっ、待って、下ろしてください閣下！」

執事がワゴンを押して入ってくる。

彼は主人が妻を膝の上に乗せているのを見て、一瞬動きを止めた。が、何事もなかったように、二人のすぐそばにあるテーブルに食事を並べ始める。

エヴァは逃げようともがくものの、ディーンの両腕がガッチリ腰をつかんでいるため、上半身をひねるぐらいしかできない。

「……閣下。離して……」

「私の膝の上は嫌か？」

「嫌というか、人に見られたくないの……」

エヴァが頬を染めて瞳を潤ませるから、その愛らしさにディーンは喉を鳴らした。

「……それなら、視界を塞げばいい。私の肩に伏せていなさい」

「こう……？」

エヴァが大人しくディーンの肩に顔を埋める。彼に縋（すが）りつく体勢となり、密着した。

この状況もエヴァ的には恥ずかしかったが、ディーンが背中を撫でてくれたから、少しは気持ちが落ち着いてくる。

やがて執事が退室すると、ディーンがサンドイッチを妻の口元へ差し出した。

「腹が減っただろう。食べなさい」

「え……」

動揺しすぎて意味のある言葉が出てこない。そういえば今朝の食堂でも、『私が君に食べさせよう』とか言っていた。

視線で、食べなくてはいけないのかと問うものの、ディーンは引く様子を見せない。

エヴァは迷いながらもサンドイッチに齧（かじ）りついた。

もぐもぐ、ごくんっ。

間近で見られながら、しかも膝上で物を食べさせてもらうという、人生で初めての経験にチマチマと食べることしかできない。

——子どもの頃なら、親の膝上で食べたこともあるだろうけど。

そんなどうでもいいことを考えていたら、ディーンが目を細めた。

「可愛いな」

口の中のものを吹き出しそうになった。必死に飲み込んだため、少し喉が痛い。

——閣下の目的が分からない！　誰か助けて！

話をするものだと思っていたのに、なぜか朝食の仕切り直しをしている。そんなに膝の上で妻に給餌をしたかったのだろうか。

さすがに紅茶を飲むときは膝から降ろしてもらった。その間にディーンが自分の食事を済ませると、再び妻を膝の上に乗せる。

……食事だけでなく、話もこの体勢でするらしい。先ほどから成人女性を乗せているのに、太ももが痛くないのだろうか。本当に誰か助けて……

心の中で泣いていたら、エヴァの太ももをディーンが手のひらでスッと撫で下ろした。羞恥で心臓が早鐘を打つ。

しかし彼の手は太ももではなく、正確にはそこに装着している短剣をさすっていた。

そこでエヴァは、主人に謝らなければいけないことを思い出す。

「閣下。申告してない武器を持ち込んでおりました。申し訳ありません」

「特に問題はないぞ。うぬぼれで聞くのだが、私を守るために用意したんだろう？」

「はい。父は私に、王家を守護する〝第一の忠臣〟である誇りと使命、国家への忠誠を幼い頃から言い聞かせていました。閣下を守るのは当然のことです」

「そうか……。オーウェル一族ならば、野に下っても王家への忠誠心を忘れなかっただろうな」

そこでエヴァは内心で苦笑する。

正直なところ、平民として生まれた自分が、王家に関わる機会なんて発生するはずがない。それでも父や祖父母が、自分をオーウェル一族の娘として育てる意味が幼い頃は分からなかった。

でも今、元王子であるディーンの妻になっていることを考えれば、人には見えない力が働いたのかと感慨深い。

ディーンさえも領都に泊まった夜に言っていた。王家とオーウェル侯爵家は建国から続く主従関係だから、エヴァが彼のそばにいるのは運命だと。

「……でも、私のような女の身では、閣下の盾ぐらいにしかなれません。なので武器の持ち込みを許されるとも思えず、言い出せませんでした。……申し訳ありません」

「気にするな。君の忠誠心を疑う者など、もはやこの屋敷には一人もいない」

あれ？　と疑問を覚えたエヴァは、すぐに悪戯っぽい笑みを浮かべた。

「チアーズ総長からは、あいかわらず不審な目で見られていますけど」

「……あいつ、頭が固いんだよ。もうとっくにエヴァのことを認めてるのに、君に敵意を向けていた手前、今さら態度を変えられないって意固地になってるんだよな」

「ではチアーズ総長の信頼を得られるよう、努力いたしますわ」

「私以外の男の気を引こうだなんて、奴を殺したくなるな」

「もう。閣下はすぐ危ない思考に走りますよね」

すると短剣に触れていたディーンの手の動きが大きくなる。

「妻の意識を独占したいと思うのは、夫として当然だ」

太ももの形を確かめるような手つきが、くすぐったいだけではなく、淫らだった。

エヴァは彼の膝の上で縮こまる。ディーンの雰囲気が急に変わったみたいに感じて。

今度は彼がエヴァの肩に顔を埋めてくる。正確には首筋に。

しかも肌をぺろりと舐めるから、エヴァは小さく悲鳴を上げた。

「かっ、閣下……!?」

「話があると言っただろう?」

「あっ、はいっ、そうですね、どのようなことで――」

「君を愛していると伝えたかった」

首筋で囁かれる切なさを含んだ甘い声に、エヴァの心臓がどくんっと本当に跳ね上がった。しかしすぐさま気を引き締める。

「はいっ！　それはもちろん分かっております！」

夜会では王妃へ、『私が心から愛する唯一の妻』とエヴァを紹介している。アマンダにも、『私の愛する妻はエヴァ一人だ』と言い切っていた。

夫婦仲を疑われては、契約結婚をした意味がない。

それでも形だけの妻にしては、過分なほど大切にされていると実感していた。たまに勘違いしそうになるけれど、ちゃんとわきまえている。絶対に間違ったりしない。

　だがここでディーンは、やるせないため息を吐いた。

「やっぱり分かってない。私は君を一人の女性として、心から愛していると言ってるんだ」

　太ももを撫でていた手が、エヴァの下腹部へと移動する。

　女が守るべき秘園近くに異性の手が触れて、エヴァの心拍数が跳ね上がった。

「有り体に言えば、ここに子種を注ぎたい」

　さすがにそこまで言われたら、彼が何を望んでいるか嫌でも悟る。エヴァの顔がどんどん赤くなり、顔から火を噴きそうなほど熱くなった。

「先に言っておくが、性欲処理で抱きたいとかじゃないぞ」

「でっ、でもでもっ、子どもができたらまずいんですよね⁉」

「ああ、しばらくの間は避妊は欠かせない。でも王太子妃殿下がご懐妊されたから、男児が生まれたら避妊しなくてもいいだろう」

　今日、アマンダの件で登城したとき、兄王子からこっそり教えてもらったという。妃殿下が安定期に入ったら公表されるとのこと。

　エヴァの表情がパッと明るくなった。

「まあ、それは喜ばしいことですね」

「そうだな。男児が生まれるといいが……これはかりは神のみぞ知ることだ。それにもし次代の王太子が生まれず、私と君の間に男児が生まれたら、その場合は戦うと決めた」

「戦う、ですか？」

「君と子どもが政争に巻き込まれないよう、必ず守ってみせると覚悟を決めた。白い結婚をやめて本当の夫婦になるには、武門貴族どもから逃げるだけでは駄目だ。それでは家族を守れない」

固い決意を感じさせる声を放つと、ディーンはエヴァを膝の上から降ろし、妻の足元に跪いた。

ギョッとするエヴァの両手を握り、縋るように見上げる。

「エヴァ。君が私を守りたいと思ったように、私も君を命をかけて守るつもりだ」

「えっ、え……」

「私の愛する人よ、どうか契約結婚を破棄し、本物の夫婦になることを許してほしい」

まるでプロポーズするかのような言葉と、こちらの瞳を射貫く真摯な眼差しに、エヴァは胸の高鳴りが止まらなくなる。

「……夢？」

これは都合のいい夢ではないかと疑ったとき、ディーンが噴き出して張り詰めた気配が消えた。

「なんで夢なんだ。夢にしたいのか？」

「だって、こんな、まるで閣下が、私のことを好きだって言ってるみたいで……」

「だからそう言っている。だいたい、好きじゃなければ口づけたりしない」

月明かりの下で交わした濃厚なキスを思い出し、すでに紅潮していたエヴァは顔や耳どころか首筋まで赤くなる。

「は、話って、これだったんですか……？」

「そう。君が私に向ける気持ちが忠誠心であっても、私は君が愛しい。すぐにとは言わないが、私を受け入れてくれないか」

いったいいつから自分を好きでいてくれたのか不思議だが、それよりも答えるべき言葉があることぐらい、分かっている。

彼に握られている手を、自分も握り返して身を乗り出す。

「わっ、私もっ、閣下を愛しています……っ！」

「それは臣下として？」

「いいえ。閣下がおっしゃるように、私もあなたを、主人ではなく男の人として好きになってしまったから……あなたの信頼を裏切ったようでつらかった……」

夜会でアマンダから、ディーンを返せと言われたとき、絶対に嫌だと言いたかった。彼をあの人に渡したくなかった。

けれどそれは臣下ではなく、女としての本音だ。だから永遠に口にすることはないと思い、苦しかった。

——本当は、私の大事な人を取らないでと叫びたかった。

ディーンが素早く立ち上がると、座るエヴァを覆うように抱き締める。

「エヴァ、好きだ。君を心から愛している。私には貴女(あなた)だけだ」

「はい……っ、私もっ、あなたを愛しています……！」

悲しくないのに、涙が噴(ふ)き零(こぼ)れた。意志の力で涙が止まらないのは、両親の葬儀以来だろうか。

「君は守られているだけではなく、私と共に人生を切り開き、ときには背中を預けることもできる、理想そのものの女性だ。君に何度も惚(ほ)れ直していた……生涯、大切にする」

ディーンがエヴァの目元に口づけ、涙を吸い取ってから額を合わせて見つめてくる。

「愛している。ちゃんと私の気持ちは伝わっているか?」

「はいっ」

初めて自分から彼に抱きついた。もうこの気持ちを隠さなくてもいいのだと、臣下として遠慮しなくていいのだと嬉しくて縋りつく。

——女として幸せだった。

彼と結婚し、愛されない妻だけど大切にしてもらって、臣下として仕えることができて、オーウェル一族の末裔として報(むく)われて、嬉しかった。

けれどそれがおまえの幸せなのかと聞かれたら、答えに窮(きゅう)して淑女の微笑みでごまかしただろう。

両親の仲睦まじい姿を見て育った自分にとって、夫婦とは二人のような関係だと刷り込まれていた。

両親みたいに、いつか愛し愛される男(ひと)と出会って夫婦になることを夢見ていた。

ディーンとそのような関係になれないことは、己の幸福とは程遠い。それでもいいと自身に言い聞かせていたけれど、心のどこかで寂しさを感じていた。

……やっと、寂寞感(せきばくかん)が消えていく。

ディーンが強く抱き締め返してくれたから、再び涙が零れ落ちる。

いつものように背中を撫でてくれる手が温かくて幸せで、しばらく離れることができなかった。

涙を出し切ると、嬉しいのに泣くことが止められないという現象がようやく収まってくれた。

このとき気づいたのだが、彼のシャツを涙でべっとりと濡らしている。

「すみません……汚して……」

「いや。気丈な君が私の前で泣くことが嬉しい。臣下のままだったら、君は決して涙を見せなかったと思うから」

そうだろうか。……そうかもしれない。仕える主人の前で泣くなんて、みっともないしありえないと自分を責めただろう。

「じゃあ、閣下も、私に甘えてくださいますか……？」

ディーンが妻を甘やかすというなら、その逆もあってしかるべきだ。

父親なんて娘を鍛えるときは鬼のごとく厳しいのに、妻を前にすると牙を抜かれた虎みたいにフニャフニャしていた。

ディーンがああなるとは思えないが、男性は弱みを表に出せないらしいので、せめて彼に安らぎを与えたい。

ラグロフト公爵として、多くのものを背負う人なのだから。

そう思ったとき、ディーンが妻の額にキスをしてから、瞳を覗き込んでくる。

「そんなことを言ったら、際限なく甘えてしまうぞ？」

彼の瞳が、初めて口づけをしたときと同じく、赤みを増しているように感じた。瞳の色なんて変わるはずがないのに、彼の意識に火が点き、燃えさかっているみたいで。

「あ……」

背中にある大きな手のひらが下がり、ゆっくりと臀部をまさぐってくる。背を撫でていたときとは違う、卑猥さを感じさせる手つきだった。

大泣きしていた間にすっかり忘れていたが、彼は妻の腹に子種を注ぎたいと告げていた。

――これも、旦那様に甘えてもらうことになるの……？

未経験の自分には分からないけれど、契約結婚を破棄するなら拒むことはできないし、拒みたくない。とはいえ目の前にある化粧汚れつきの染みを認めると、このまま寝所へ行きましょうとは言いにくい。

「……私、お化粧を落としたいです」

初めてなので、身綺麗にしてから純潔を捧げたい。

そんなことを考えた途端、自分の思考がいやらしく感じて、恥ずかしさに身の置き所がなかった。モジモジしてしまう。

エヴァの初々しい反応に、ディーンは彼女の言いたいことを悟り、目を細めて親指で妻の涙袋を優しく撫でる。

「そうだな。湯浴みをしてくるといい。今日から公爵夫妻の部屋に移ろう」

もともとそのつもりで、夫婦の部屋をいつでも使えるよう準備していたとディーンは語る。ここは客室を改装した仮住まいでしかないそうだ。

「あ、それで今後は使わないとおっしゃったのですね」

「そう。眠るなら君と一緒がいい」

そこで言葉を止めたディーンは、妻の左手を救い上げて指先に口づける。

「今宵、君との初夜をやり直したい。――どうか私に許しを」

口づけたまま、上目遣いで見つめてくる。

女を落とそうとする、成熟した男の色香というものを初めて感じ取り、エヴァはときめきすぎて呼吸が苦しくなるほどだった。

コクコクと何度も頷く。

「しょっ、初夜から、やり直すとなると……あの寝衣も着た方がいいのでしょうか？」

身の回りの世話をする侍女たちは、ディーンとエヴァの白い結婚について知っているのに、初夜で花嫁用の寝衣を用意していた。

不思議に思っていたが、あれはディーンが土壇場で考えを変え、エヴァに手を出したときのためだったらしい。

当然その気にならなかった彼は、エヴァがガウンを着ていたのもあって寝衣の記憶は残ってない。

「何を着ていたんだ？　首元が寒そうだったとしか覚えてない」

「すごく透けている寝衣で、初夜の花嫁が着るものとしては、大人しい方だそうですが――」

「それは着た方がいい。着るべきだろう。ぜひ着てくれ」

やや前のめりでディーンが推してくる。

「うう、やっぱり着るんですね……」

分かりました、とエヴァがうなだれると、ディーンは笑顔でベルを鳴らし、家政婦のヒューム夫人を呼び出した。

「遅い時刻にすまないが、今から公爵夫妻の部屋に移る。準備してくれ」

「まあぁ！　それは喜ばしいですわ！」

ヒューム夫人は満面の笑顔になり、侍女やメイドにてきぱきと指示し始める。

「では旦那様。奥様はわたくし共がお預かりします。先に寝所でお待ちになってくださいませ」

「初夜のときの寝衣って残してあるよな。それを着せてやってくれ」

「もちろんですわ！」

堂々と恥ずかしいことを話し合う二人を置いて、エヴァは侍女たちに浴室へ連れ去られた。

初夜のときと同じように、頭のてっぺんから爪先まで丁寧に磨かれる。さらに花の香りがするオイルを使った全身マッサージを施された。

そしてとうとう、羞恥で倒れそうな気分に耐えつつ、透けっぷりが激しい寝衣を身に着ける。

——まさかこれをもう一度着るとは思わなかったわ。

薄い平織りの生地を幾重にも重ねてあるため、透けるといっても肌はぼんやりとしか見えない。ただ、体の線は光の加減で浮かび上がるため、卑猥なことに変わりはない。

しかもこれ、絹の布地で完全に隠している部分といえば、秘所と胸の先端だけである。逆にあからさますぎて目立っている。

レースとリボンで美しく飾ってあるとはいえ、エヴァにしてみれば裸でいるのと同じ感覚だった。これで大人しめのデザインというなら、そうじゃない方はどれほど煽情的なのか恐ろしい。初夜のときは緊張しすぎて寝衣をそこまで意識しなかったが、今だと脱ぎ捨てたいぐらい恥ずかしかった。

鏡を見ながら、しゃがみ込んで丸まりたい衝動を必死に耐える。

「……コルセットを締めてもいいかしら？」

「奥様。どうせ全部脱ぐのですから、余計なものは身に着けなくてもよろしいですわ」

公爵邸の侍女たちは大半が既婚者のせいか、いい笑顔で恥じらうことなく核心を突いてくる。

ウグッ、とエヴァは喉に空気の塊が詰まった気がした。

このとき入り口のドアがノックされ、こちらが返事をする前にドアが開く。なんとディーンが顔をのぞかせた。

「もうそろそろいいか？」

硬直するエヴァに、侍女が慌ててガウンを着せる。

ヒューム夫人が目を吊り上げて女主人の前に立ちふさがった。

「旦那様！　淑女の部屋に許可なく立ち入るとは何事ですかっ！」

「いや、妻の部屋ならいいだろ」

「よくありません！　外でお待ちください！」

「待ちくたびれた」

「淑女のお支度は時間がかかるものです！　そのぐらいご存じでしょう⁉」

「知ってるけど、ドレスを着るわけじゃないのに長すぎないか？」

「奥様を磨いていたのです！」

主人と家政婦が言い合っているうちに、侍女たちは手早くエヴァに夜用の薄化粧を施した。

「ヒューム夫人、終わりました」

エヴァがドレッサーの椅子から立ち上がると、ディーンはホッとした顔つきで近づいてくる。だいぶ待たせたようだ。

行こうか、とディーンが妻の腰を抱いて夫婦共有の寝所へ向かう。

さすがにヒューム夫人も、頭を下げて主人夫妻を見送った。

寝所に入ったエヴァは閉められたドアを振り返る。

「ヒューム夫人って、もしかして閣下のご親族ですか？」

女性使用人のトップといえども、元王子にあそこまで物申せるなら、信頼以上のつながりがあってのことだろう。

ディーンは、「ああ」と呟き、エヴァと共に広い寝台に腰を下ろす。

「私の乳母なんだ」

「なるほど、お母様のような方なのですね」

「そうだな。王妃が子育てにいっさい関わらなかったので、私も兄上もそれぞれの乳母が母親代わりだった」

ヒューム夫人はディーンの祖母、つまり前国王の側妃の親戚筋だという。

そこまで話した彼は、右手の甲で双眸を押さえると背後に倒れ込んだ。

「閣下？」

「……こんなことも話してなかったと驚いている。すまない」

「私は特に気にしていませんが」

「いや、君が知らなくて当然だと、ようやく気づいたんだ。私は婚約期間中も君のもとへ通わなかったし、結婚してからは仕事のことしか話していない」

その声が後悔にまみれているから、エヴァの方が驚いてしまう。本当に、それはなんとも思っていなかったので。

エヴァは寝台に乗り上がって彼の横にうつぶせる。

「閣下、気になったことはその都度聞きますから、そのときに教えてくだされば十分です。人の歴史はそこそこ長いので、いくら夫婦でも相手のことをすべて知るなんて難しいですわ」

「……そうだな」

大きく息を吐いて彼が右手を外す。露わになった赤紫の瞳は、先ほど見た熱意が帯びていた。

エヴァは目が合っただけで、互いの間にある雰囲気が夜のものに変わったと気づく。

ディーンが両腕を伸ばし、妻を自分の体の上に横たわるよう乗せた。

「……重くないですか？」

「全然。温かい」

部屋全体の空気は温められていても、暖炉の火はすでに消されている。エヴァも彼の温もりが心に沁みるようで、もっと近づきたくて厚い胸板に頬を添えた。

彼の心臓のリズムを感じ取る。

「閣下の心音が、すごく速いような気がします……」

「念願叶って君のすべてを手に入れられるからな。舞い上がってる」

「……私も、閣下に触れることができて、ドキドキしています……」

彼の長い指が妻の頬を撫で、ツーッと顎の先まで下ろされる。

頤を軽く持ち上げられて見つめ合った。

言葉はないのに、彼が口づけたいと切実に望んでいるのが分かる。もしかしたら、自分も同じように眼差しで訴えているのかもしれない。

あなたとキスをしたい、と。

ディーンがゆっくりと体を起こして互いの位置を入れ替え、覆いかぶさってくる。彼が瞼を閉じたのと同時に、エヴァもまた目を閉じた。

ちゅっ、とかすかな音を立てて唇が触れ合い、ゆっくりと上下の唇を順に食まれる。

夜会で経験した初めての口づけとは違う、軽やかで優しい触れ合いに、高鳴りすぎていた気持ちが少し落ち着いてきた。

キスの合間に、唇が触れるか触れないかの近さでディーンが囁く。

「私のことは名前で呼んでくれないか」

「……旦那様」

「こら、それは名前じゃない」

おしおきに唇を塞がれ、滑り込んだ舌で口蓋を執拗になぞられる。口内を隅々まで蹂躙されて、息つく暇さえ与えてくれない。

「はぅ……、ん……、はっ、あふ……っ、んっ」

名前を呼ぶまでキスが終わらない予感がする。エヴァは息継ぎのタイミングで、勇気を出して彼の口腔へ名前を吹き込んだ。

「ディーン様……」

「うん。もう閣下なんて呼ぶなよ」

それは臣下としての敬称で、エヴァを他の使用人と同列にするものだから、ディーンには受け入れられない。

「……でも、癖になってるから、また呼んじゃうかもしれません……」

「呼んだら、人前で口づける」

まるで見本を示すみたいに、激しく唇を貪られた。舌を根本からすり合わせ、呼吸を奪われるほど濃密な口づけが続く。

こんな淫らなキスを使用人たちに見られたら、自分は部屋に引きこもって一歩も出られなくなるだろう。

「んぅ……っ、んふ……んぁ……あふっ……」

だんだん息が続かなくなり、意識が霞(かすみ)がかってくる。

ちゅっ、と音を立ててディーンが体を起こすと、いつの間にかガウンがはだけられていた。

「あっ……」

口内に全神経が集中していたから、本当にいつ腰紐(こしひも)を解かれたのか気づけなかった。

薄布に包まれたエヴァを、ディーンが恍惚(こうこつ)の表情で見下ろしてくる。

「美しいな。まるで花みたいだ」

「……たぶん、ディーン様のシンボルフラワーを表しているかと……」

「ああ！　確かに言われてみればソウェルだ」

白バラをイメージして白い薄布を重ね、花びらの縁を彩る赤色はリボンで表現している。

「これを選んだのはヒューム夫人だろうな。粋なことをする」

ディーンが、妻の胸元にある赤いシルクリボンを指先でなぞり、淫靡(いんび)に微笑む。

「まさしく〝手折(たお)る〟にふさわしい姿だ」

「あんまり、見ないでください……」

「夫なのに見てはいけない？」

「だって、恥ずかしい……」

本心から体を隠したいのに、あからさまな視線で舐められるように見られると動けない。まるで魅入られたみたいに、艶姿(あですがた)を見せつけてしまう。

しかも見られることで心が疼(うず)き、体温が上がっていくのを感じる。同時に下腹の奥で、形容しがたいザワザワとした感覚が生じるのも気づいた。

これはいったい、なんだろう……

「恥じらう君も愛らしいな。普段は仕事熱心で凛としたところが素敵だが、今の姿はそれ以上に可愛い」

言葉を止めたディーンは、視線を妻の太ももへ移して微笑む。

「さすがに武器は持っていないか」

「いくらなんでも、今は……」

「夜会の美しいドレス姿でも武装していたと聞いて、本気で見てみたかった」

「……どうして、見たいんですか？」

「美しいバラには棘があると言われるが、極上の美女となった妻が危険な武器を隠し持っていたなんて、最高に興奮するだろ」

舌なめずりをするディーンが妖しく微笑んだ。

その表情があまりにも美しくすごみがあって、エヴァを骨の髄までしゃぶろうとしているみたいで、ドキドキする。

彼に対するかすかな恐れと、初めての行為に対する好奇心がない交ぜになって、口から心臓が飛び出そうだ。

近づきたいのに近づけない。

狩られるだけの小動物になった気分で、心が嬲られるようだった。

意識が彼に支配される……

これ以上、見つめ合っていることができなくて両手で顔を隠した。この状態でもディーンが笑っているのは分かる。

「気を失わないでくれよ」

エヴァの剥き出しの腕をさする大きな手が、肘から肩へ、肩から脇へ、さらに下がって腰のラインをなぞりつつ、臀部から太ももへと下がっていく。

体の輪郭を確かめる手つきがくすぐったくて、エヴァの体が小刻みに揺れた。

「きっ、気を失ったら、どうするんですか……？」

「知りたい？」

楽しげな声だが、己の本能が「この声は悪い声！」と主張している。知ってはいけないと心がすくみ上がり、頭を左右に振った。

「やっぱりいいですっ」

「そう言うな」

ディーンが再び覆いかぶさってくる。エヴァの耳元へ唇を寄せて、悪戯をたくらむような声を注ぎ込んだ。

「意識がないうちに純潔を散らされて、飛び起きることになるだけだ」

「やっぱりそうなりますよね！」

涙目になるエヴァは本気で泣きそうだ。

「うぅ……気絶したくないのに気絶しそう……」

「それは困るな。じゃあこうしようか」

ディーンは妻のガウンを脱がせると、肢体を抱き起こして寝台に座らせる。そして戸惑うエヴァを背後から抱き締めた。

彼を背もたれにして座るエヴァは、かなり大きなガウンを体の前にかけられて驚く。

自分のガウンは尻の下にあるので、これはディーンのものだろう。

彼の高めの体温が移って温かいうえ、背中も彼自身で温められる。しかも首から下がガウンで見えなくなる。

自分と彼の視線から隠れると、幾分か羞恥が慰められて安心した。

「……少し、落ち着きました」

「それはよかった」

頭の上から降ってくる彼の声が弾んでいる。妻の妖艶な姿に熱視線を向けたくせに、あっさりと見えなくしたのは不思議だ。

心の中で首を傾げた直後、乳房をまさぐられて心臓が大きく跳ね上がった。

「あ……、ん、んっ……」

背後から回された指が、薄布ごと根元から揉みしだき、卑猥な形に変えては胸を嬲ってくる。

エヴァはあまり身長が高くないけれど、乳房は豊かに育っている。若いだけあって張りも形もいい美乳だ。

ディーンは嬉々として膨らみをこねて、ふるふると卑猥に揺らす。彼の望む通りの形にぐにぐにと揉み込んだ。

「ああ……んぁっ、はぁん……」

恥ずかしい声が勝手に出てしまう。

慌てて口を両手で押さえると、背後から笑っているような気配を感じた。嘲笑うとかではなく、楽しくて仕方がないと胸が躍っている感じだ。

逆にエヴァは居たたまれなく、自然と呼吸が乱れて息が上がってくる。

「声、聞かせてくれないのか?」

「だって……」

こんな恥ずかしい声、みっともない。そう言おうと思ったとき、刺激に反応して勃ち上がった尖りを、キュッとつままれる。

「ふあぁっ」

「うん、可愛い声だ。ずっと聞いていたい。もっと啼いてくれ」

彼の指の腹が、硬くしこった胸の突起を押し潰す。理解しがたい感覚がほとばしって、胸を触られているはずなのに、なぜか脚が跳ね上がった。

「あっ、あっ」

「君の声がこんなに可愛くてそそるなんて、思いもしなかったな」

そう言いながら、押し潰した尖りを指先で引っかくようにピンと弾く。そのたびに腰が震えて下腹部が疼いて、皮膚をかきむしりたい気分になる。

こんな感覚があるなんて、知らなかった。

「あんっ、やぁ……っ」

「これから君を独り占めできると考えるだけで、年甲斐(としがい)もなく延々と盛(さか)りそうだ。初めての君に優しくしたいと思ってるのに」

手を止めないまま、ディーンが妻の耳たぶをカプリと優しく齧(かじ)る。痛くはないのに、痛みにも似た不可解な刺激に襲われ、目尻に涙が浮かんだ。

「んんぅっ、みみ……くすぐったぃ……」

「そう？　柔らかくてうまい」

「たっ、食べないでくださいぃ……」

ふふ、と耳元で笑うディーンが、妻の耳たぶを執拗に甘噛みしては吸いついてくる。さらに唾液をまとった舌で、耳の縁(ふち)をねっとりと舐めた。

「ふあぁ……っ」

そのまま舌が下がり、ツーッと首筋へ落ちると、唇が皮膚に吸いつく。

ピリッとしたかすかな痛みを感じて、エヴァは喉を震わせた。

「あっ、なに……？」

「私の所有印。君が私だけのものという証(あかし)だ」

「これ、が……」

男の人の印は、独占欲と支配欲を表すのだという。エヴァは自分からは見えない位置にある、赤くなっているだろう斑点を指で撫でる。

……ハイネックのドレスを着ないと隠せないかもしれない。

この場にふさわしくないことを考えていたら、ディーンが胸を揉みしだきながら甘い声を吹き込んでくる。

「これがって、エヴァはこれが何か知ってたのか？」

「ん……、父の、傭兵仲間が……、はぁっ、うちで、お酒を飲むと、あん……、いやらしいこと、話し出すから……、はあぅ……」

といっても彼らは少女だったエヴァに吹き込んだわけではなく、酔っぱらうと声が大きくなるので聞こえてしまうのだ。

そのたびに母親は応接間からもっとも遠い部屋に娘を遠ざけるものの、庶民の家はそれほど大きくないので、やっぱり耳に入ってしまうのだ。

「ふぅん、君を耳年増(みみどしま)にした連中がいるなんて、全員殴りたいな」

言うやいなや、ディーンが局部を妻の尻に押しつける。

お尻のくぼみに硬い棒状の感触がはまって、これが男性器だと悟ったエヴァは、カッと頭に血が上った。

恥ずかしいを突破して身の置き所がなく、脈拍が一気に跳ね上がる。

「これが何か分かるか？」

エヴァは無言で何度も首を縦に振った。

想像とは違う硬さと大きさに混乱し、同時に彼の興奮を感じ取ってドキドキする。それだけ自分に昂っていると分かって。

「じゃあ、これで何をするかも知ってる？」

「すっ、少し、だけ、なら……あっ」

胸をもてあそんでいた彼の両手が下がり、両脚を持ち上げられて左右に開かれる。しかも閉じられないよう、彼の立てた膝に脚に引っかけられた。

ガウンで体を隠していても、大股を開いている状況にエヴァは動揺する。

「やだぁっ、これいや……っ」

「で、私のもので何をするか教えてくれ」

ディーンが妻の耳にキスしながら、色っぽいかすれた声を流し込む。

エヴァは耳の奥が、ぐわんと震えた気がした。

「あ……私に、その、それを、挿れると……」

「どこに？」

そう言いながら、彼の中指が秘裂を下から上へスッと撫で上げる。下着越しでも鮮烈な感覚がほとばしるから、エヴァの背中が弓なりに反り返った。

「ひゃうっ、どこって……わっ、わかってるくせにぃ……っ」

涙混じりに抗議すれば、背後でディーンが笑い声を上げた。……とても機嫌がよさそうだ。

仮初めの妻に優しくて誠実な彼だが、内面が苛烈だろうとは思っていた。アマンダに対する容赦のないところからも、敵を切り捨てるのに躊躇がないと。

でもまさか、これほど意地悪なところがあるなんて思いもしなかった。

このとき不意に、腰回りから何かが剥がれていく感触にハッとする。彼の指先に翻弄されて気づくのに遅れたが、これは――

「あ……っ、やっ、待って、取らないでぇ……っ」

初夜用の下着が局部から消えている。この下着は紐を腰のサイドで結び、それで体に留めているだけなので簡単に解けてしまう。

丈が膝まであるドロワーズと違って、布面積なんてないに等しいぐらい小さいが、それでも下着だ。何も身に着けていないより、あった方がいい。

「ディーン様っ、お願い、返して……っ」

「おいおい、すべて脱ぐんだぞ？　返してどうするんだ、また穿くつもりか？」

侍女にも同じことを言われたと思い出すが、それでも大股を開いている状態で下着を身に着けないのは、ものすごく心もとなくて精神がゴリゴリと削られるのだ。

「でも、見えちゃうの、やだもん……」

恥ずかしさから涙目と涙声で訴えるエヴァは、いつもと違って子どもっぽい。

ディーンはそんな可愛い妻を、背後からぎゅっと抱き締めた。

「ガウンで私からは見えない。駄目か？」

「うう……っ」

とっても残念そうに囁くものだから、彼を悲しませたくないエヴァは強く出られない。数秒ほど迷った後、観念して体から力を抜いた。

直後、彼の指が肉の割れ目を上下に往復する。

「はぅうっ」

指が遠慮なく動くたびに、くちゅくちゅと卑猥な水音が鳴り響く。

エヴァは聞いたことがないいやらしい音に驚き、尻が少し浮き上がった。

「やっ、何っ、この音……」

自分の秘部が奏でる水音に、まさか漏らしてしまったのかと怯え、体が震える。

ディーンが背後から妻の顔を覗き込んだ。

「濡れているだけだ。心配するな」

「濡れる……？　私、粗相をしたわけじゃないんですか……？」

ディーンが呆れたようにため息を漏らした。

「君の知識は偏ってるな。男の猥談が元だから仕方ないが……これは女性が男を受け入れるために必要なものだ。おかしなことじゃない」

彼の指が蜜を絡め、肉びらの枚数を数えるように丁寧になぞる。

「あっあっ、ぞわぞわする……」

「気持ちいい？」

「分からない……でも、嫌じゃないです……」

「じゃあ、こっちは？」

もう一方の手で乳房を揉みながら、胸の先端をきゅっと強めにつまんでくる。

自分で胸を洗ってもなんとも思わないのに、ディーンに触れられたら、お腹の奥がウズウズと痺れてくるのはなぜだろう。

もちろん不快感なんて覚えない。

「……これも、嫌じゃないです……」

「その嫌じゃないって感覚が気持ちいいってことだ。たくさん気持ちよくなって善がってくれ」

「善がる……？」

「そう、こんなふうに――」

蜜に濡れた指が、秘裂の上部にある硬くしこった肉粒に触れる。

エヴァの感覚を養分にした粒はぽってりと腫れており、ほんの少し触れただけで強い刺激が四肢へ駆け抜ける。

エヴァが小さな悲鳴を上げて仰け反った。

「やっ、やぁ……そこっ、やぁ……」

「嫌じゃないだろ、気持ちいいんだ。素直に快楽に身を任せていなさい」

これが快楽、快感なのかと、エヴァは惑乱する意識の片隅で思う。

乳房で感じる刺激とはまた違う感覚に身悶えしていたら、だんだんと彼の指の動きが活発になってきた。

小さな粒を根元からつまんで揺らし、指の腹でこすり合わせ、入念に刺激を刻み込んでくる。

「んあぁっ、はあぁ……、ひぁっ、ああっ、あくぅ……、んあぁっ」

それはとてつもない快感だった。目を見開くエヴァの意識がブレて、視野が真っ白になり、心臓が破裂しそうなほど激しく動く。

未知の感覚におののいていると、長い指が、じゅぷぅっと卑猥すぎる音を鳴らして蜜沼へ沈められた。

息を吞んだエヴァが、焦ったように彼の手首をつかんで止めようとする。

「指っ、ひぅっ、指が……っ」

「乙女はここをほぐさないと駄目なんだ。しばらく我慢してくれ」

「えぇぇ……」

彼の指が活発に蠢き、媚肉のすみずみまで入念に刺激を植えつけてくる。指の関節を曲げて、生硬い未通の隘路を拡げようと、何度も抜き差しを繰り返した。

指の動きに合わせてエヴァは悶え、下腹を波打たせる。肉襞が波打つたびに、彼の指の長さや硬さ、関節の位置などを体の中からリアルに感じ取って、穴があったら入りたい気持ちになった。

「あぁんっ、やっ、そんなっ、ひあぁっ、まってぇ……、んっ、んっ、あんっ、あぁっ」

喘ぎ声が止まらないのも、彼の指が自分の中をまさぐっているのも、何もかもが恥ずかしい。

エヴァは刺激から逃れようともがくけれど、両脚が固定されているから、身じろぎする程度しか動けない。

しかも悶えるたびに、お尻で屹立を刺激してしまう。

はあ、と色っぽい吐息が背後から吹きつけられた。

「こすれるだけでも気持ちいい……」

蜜壷と乳房を嬲る手が、女の弱いところを丁寧に攻めて、絶頂へ導こうと意気込んでいく。

――気持ちいいけど苦しい……！

エヴァはこの感覚を止めたくて彼の手に爪を立てるが、この人を傷つけたくないとの想いからすぐに手を放す。そうすると彼を止められないもどかしさと終わらない責め苦に、髪の毛をむしりたくなるほど追い詰められる。

自分の体を好きにされる苦悩で、全身が発熱したかのように熱い。体温が上がっているうえ、汗をかいてガウンの中に熱がこもっている。

「あんっ、はっ、あぁ……、あつい……」

「そうだな。そろそろ脱ぐか」

彼が呟いた直後、必死にずれ落ちるのを止めていたガウンを引っぺがされた。

「きゃあぁぁっ！」

剥き出しの下腹部が露わになる。

しかも寝衣の丈は太ももまであるはずなのに、汗で薄布が肌に貼りつき、さらにジタバタともがいていたため生地がずり上がって、腹部まで丸見えになっていた。

エヴァが視線を下ろすと、髪色と同じ下草が蜜を絡ませて光り、その奥にある蜜口に彼の指が根元まで埋まっている。

「いやっ、やだぁ……っ」

とんでもなく淫猥な光景に失神しそうだ。グラグラと意識が揺れたけれど、必死に耐えて全開になっている局部を手で覆う。

「こら、見えないだろ」

ディーンに手首を握られて剥がされる。

しかもおしおきとばかりに、親指で蜜芯を押し潰してきた。

「はあぁぁっ！」

強引に注がれる快楽によって、嬌声を上げるエヴァから汗が噴き出てきた。無我夢中で腰をひねって快感を散らそうとしたが、まったくの無駄で。

どこにも逃げ場がなく、焦燥感で頭の中がかき混ぜられるよう。

一気に精神が崖っぷちまで追い込まれた。

「やめっ、あっ、あっ！　まっ、おねがい……閣下ぁ……っ！」

「それで呼ぶなといったのに。仕方がない子だ」

蜜路を探るようにまさぐっていたディーンは、エヴァが悲鳴を上げて反応する箇所を、鉤状に曲げた指で容赦なく押し上げる。蜜芯をいじめる親指を止めないまま。

戒めるように、生娘が飲み込むには強烈な快感を問答無用で植えつける。

局部から脳天へと疾走する快感により、エヴァは仰け反って悲鳴を上げた。

「やあぁっ！　そこっ、いっぱい、だめぇ……っ！」

「ナカが解(ほぐ)れてきた。とろとろだ」

「まってっ、おねがいまってぇ……っ！」

「指だけでも気持ちいい。もっと締めつけてもいいんだぞ」

「あぁんっ、おなかっ、あつい……！」

「私もそろそろ限界だ。君の中に入りたい」

まったくかみ合わない会話と強すぎる快楽によって怯えるエヴァは、固定された脚を手で持ち上げて逃げようとする。

だが容赦なく植えつけられる甘い刺激に悶えて、脚を外すことができない。

啼きながら彼の手技を受け入れ、翻弄されるのに耐えるしかない。

「だめだめぇっ、もぉ……、あ、あっ、ぅあぁぁ……っ！」

絶え間なく嬲られて、エヴァの視界に星が散った。

直後、意識が白く濁って拡散する。動悸(どうき)がありえないほど速くなって、心臓が張り裂けそうだった。

「あ……、は……」

頭がぼーっとしてうまく働かない。息継ぎもうまくできず、閉じられない口の端からよだれが垂れ落ちるのに、止めることさえできない。

だから寝衣を脱がされていることも、分かっていながら脳が理解してくれなかった。

ディーンが、生まれたままの姿になった妻を、そっと仰向(あおむ)けにして横たえる。

性の激情に乱されたエヴァは、体が重くて全身が発熱しているように熱い。だから背中がシーツの冷たさを感じて気持ちよく、初めての絶頂で心身共に疲弊したのもあって、ついウトウトとまどろんだ。

「こらこら。本当に意識がないうちに純潔を奪われるぞ」

ディーンがいい具合に脱力する妻の両脚を持ち上げる。

腰に感じた浮遊感に、エヴァはぼんやりと彼を見上げた。

「あ……」

大きく開いた脚の間に陣取る彼は、いつの間に寝衣を脱いだのか全裸だった。

——あ……、すごい……

彼の肉体は、妻の体を余裕で閉じ込めてしまえるほど大きい。騎士だけあって全身の筋肉が発達しており、特に胸板がくっきりと隆起していて、腕も太い。

しなやかで美しい筋肉で覆われた上半身は、まるで彫像のようだった。筋骨隆々な肉体に雄々しさと頼もしさを感じ、見ているだけで心が吸い込まれそう。

彼はなまじ顔が整っているため優男に感じられるが、初めて抱き締められたとき、体の分厚さに驚いた記憶がある。

自分とは体の作りが全然違うと。

惚れ惚れしつつ視線を下ろし、見事に割れた腹直筋を目にした直後、ヒッ、と喉の奥からかすれた悲鳴が漏れた。

「まままってください！」

一気に目が覚めたどころか、体の中から血の気が引く音が本当に聞こえたようだった。慌てて両脚を引き寄せ、体を横向きにして丸くなる。

それでも視界のすみっこに禍々しい一物が入り込むから、現実逃避したくなった。

エヴァは近くにある、くしゃくしゃになったシーツを引き寄せて顔を埋めると視界を閉ざす。

——違う生き物が生えているみたい……なんなのあれ……いや分かってるけど……！

あんな巨根が自分の中に入ると想像するだけで、心臓の鼓動がどんどん速くなって冷や汗が噴き出る。

視界を閉ざして怯えていると、彼の硬い肉体が覆い被さってきた。

「怖い？」

エヴァは何度も首を縦に振る。どう考えても人間の中に入るサイズとは思えない。

「大丈夫。赤子はもっと大きいのに母親からちゃんと生まれてくるだろ」

「……裂けたり、しませんか……？」

そろっとシーツから顔を外して彼を見上げる。

ディーンは笑みを消して真摯な顔つきで頷いた。

「絶対に君を傷つけることはしない。それにもう君の中は蕩けている」

言うやいなや、お尻側から蜜路へ二本の指を差し入れてくる。手首を回しつつナカをかき混ぜるから、ぐしゅぐしゅと卑猥すぎる粘着音が響いた。

「あっあっ」

「息を吐いて。力も抜いてくれ。力んでいるとよけいに痛む」

冷めかけた快楽が熱を持ち、エヴァの意識が再び混濁してくる。正常に働かない思考は、彼を拒否したくない気持ちもあって素直に従ってしまう。

「はっ、……はぁ、ふうぅ……」

エヴァが必死に呼吸を繰り返すと、媚肉のきつい締めつけがだんだん柔らかくなっていく。

それを感じ取ったディーンは、横臥（おうが）位で丸まったエヴァの臀部へにじり寄る。

「いい子だ。そのまま力を抜いていなさい」

赤黒い肉茎の根元をつかみ、濡れそぼつ蜜口に先端を押し当てる。

くちょ、と鳴る水音と、肉の入り口をめいっぱい広げようとする質量に、エヴァは喘いだ。

「はっ、あ……、あん……おおきぃ……」

ディーンがゆっくりと腰を前後に揺らす。時間をかけて慎重に、長大な陽根を少しずつ蜜路へ飲み込ませようとする。

「あっ、あぁ……、はぅ……いた、い……」

エヴァの痛みを少しでも軽くしようと、彼は徐々に腰を進ませていく。汗ばむ妻のなめらかな肌を優しく撫でて、生娘の体を気遣いつつも、決して引くことなく純潔を我がものにしようとする。

「もう少し……」

「あ……あ……ああ……っ！」

誰も触れたことがない膣道の最奥まで、とうとう剛直がすべて収められた。股座（またぐら）の白い肌に、あざやかな朱色の筋が一つ描かれる。

「……上手だ。全部入った」

いたわりの声と共に、彼の大きな手が頭部を撫でてくる。その感覚は嬉しいのだが、いかんせん痛くてエヴァは呻くことしかできない。

「あうぅ……いた、ぃ……」

とんでもない大きさの肉茎だった。体の中にみっちりと隙間なく咥え込んでいるから、その形がまざまざと想像できるほどで。

圧迫感でお腹が苦しく、本当は裂けたんじゃないかと恐怖し、シーツを破りそうなぐらい強く握りしめる。

浅く速い呼吸でじんじんと響く痛みをごまかしていたら、涙がぽろぽろと零れ落ちた。

「痛いか？　いや、痛いよな……すまない」

いつも自信をにじませる彼の声に不安が混じっている。尻目で見上げれば、気づかわしそうにこちらを見つめていた。

強者である彼にしては、珍しい表情だ。

エヴァはこのとき、それだけ大事にされているのだと、自分は彼の唯一ともいえる弱みかもしれないと気づいた。

それを実感すれば心が熱くなり、気が紛れる。

「大丈夫、です……」

男性はここで終われないと、精を放出するまで止まれないと聞いたことがある。

だから口にしづらい「続けてください」の言葉を、彼の手に自分の手を添えることで示す。

このときディーンが指を一本一本、隙間なく絡めて握ってくる。

こんな手のつなぎ方は始めてだ。

指の股の奥まで接する握り方は、とても親密な気がして心がときめいて、意識が手に集中する。

おかげで局部から緊張が抜けたらしく、肉襞がいい具合に弛緩した。縮こまっていた粘膜が異物を押し返そうと、うねうねと蠕動する。

そのざわめきは二人に快楽を刻み、同時に快感の吐息を漏らした。

「……はぁっ、動くぞ」

ディーンがゆるやかに腰を揺らして子宮口を突き上げる。

糸のような細く長い痛みが続くものの、たっぷりと蜜が絡まる屹立はどこにも引っかからないから、エヴァはそのうち痛みも感じなくなってきた。

安堵から怯える気持ちがほぐれてくる。おかげでさらに蜜があふれ、結合部からトロトロと垂れ落ちた。

――あ、濡れてるって、分かる……

これがディーンを受け入れている証なのかと思うと、さらにじゅわぁっと蜜があふれてくる。

ますます滑りがよくなってきた。

「あっ、あん……はぁん……」

「まだ痛むか？」

「ううん、へいき……」

するとディーンが、横臥しているエヴァの片脚を持ち上げ、つながったまま仰向けに回転してくる。

「ふあぁっ」

怒張する昂り（たかぶり）と肉襞がこすれ、形容しがたい気持ちよさが広がった。

「あぅ……やぁん……」

「ああ、だいぶよさそうだな」

ディーンが片方の手を握ったまま、空いた手で妻の脚を大きく広げる。

上体を倒して唇を隙間なく重ねた。

「んっ」

彼がねっとりと舌を絡め、乳房を揉みしだき、ときどき腰を回し、エヴァを淫らに揺さぶってくる。

おかげで快感が途切れないエヴァは、体が熱くて血潮が沸騰しそうだ。背筋がぶるぶると震え、呼応する蜜路が肉の槍（やり）をきつく抱き締める。

「んふ……んっ、ふぁ……あぁ……」

秘部から、くちゃくちゃと咀嚼（そしゃく）音にも似た水音が止まらない。自分がこのような音を立てていることが、さらに恥ずかしい。

それでも体の中に大好きな彼を感じて、気持ちいい。離れたくない。

もっとずっと、ナカにいてほしい……

「ああ、真っ赤だな。可愛い……。君のこんな顔を初夜から見逃していたとは、時間を巻き戻して結婚式からやり直したいぐらいだ」

　いつの間にか唇が離れていた。

　瞼を持ち上げると、至近距離でディーンが見つめてくる。額に汗を浮かべる彼の目元が赤く、荒い呼吸も色っぽくて、とても煽情的な表情だと思った。

　彼が感じていると分かる、初めて見る〝男〟の顔。

　もう見ているだけで胸がきゅんきゅんして、心臓の鼓動までがうるさくて。

　ときめきと体の動きは連動するのか、腹の奥が猛烈に疼き、無意識に飲み込んだ肉塊を熱心に扱いた。

「ああ、気持ちいい……」

　思わずといった様子で漏らす彼の声に、よけいに下腹が疼いて止まらない。

　しかも彼の美しい瞳に映る自分の顔が、はしたないほど蕩けている。直視できなくて、ぎゅっと目を閉じた。

　それを咎めるように、ディーンが顔中に口づけしてくる。

「君が私を見てくれないと、ひとりで気持ちよくなっているみたいで寂しいんだが」

「……だって、あん……そんな、はぁっ、恥ずかしくて、ん……見ていられない……あぅ……」

「可愛いな。もっと恥ずかしいことをしたくなる」

「やらぁ……はぁんっ、まっ、ああ……そういうことっ、いっちゃ、やぁん……っ」

「女性に溺れるってこんな感じなんだな。君を朝から晩まで抱いていたくなる」

「だめ……っ」

顔を真っ赤にしたエヴァが、イヤイヤと首を左右に振る。

ディーンは唇の端を吊り上げ、悪辣な笑みを浮かべた。

「私は好きな子をいじめるような人間ではないと思っていたが、そうでもないらしい。自分でも意外だ」

彼の握っていない方の手が下半身へ下がり、腰の動きを止めないまま、快楽で腫れ上がった肉の粒を指の腹で撫でる。

息を呑むエヴァの視界に火花が弾け、ほとばしる強烈な快感で海老反りになった。

「ひゃあぁんっ！　あぅっ、そこっ、だめぇ……っ」

「ハッ、よく締まる。たまらない。出そうだ」

ディーンは歯を食いしばって射精の衝動に耐えると、肉粒の包皮を無慈悲に剥いて、芯をさらけ出してしまう。

震える肉の尖りが男の指でこね回された。

「ヒゥッ！　あっ、ああっ！　やぁっ、らめぇっ、んあああっ！」

敏感な秘粒を嬲られたまま、彼のたくましい腰が打ちつけられる。そのたびに愛蜜が飛び散り、だんだんと腰の振りが速くなっていく。

何度も打ち寄せる快感の波は終わりが見えなくて、気持ちいいけれど逃げたくてたまらない。でも肉棒で串刺しにされると腰が痺れて動けない。

もう離れたいのに、快楽で心を貫かれて、この気持ちよさから逃げたくないとも思ってしまう。

相反する気持ちに混乱する。

「やあぁっ、もっ、むりぃ……！」

「嫌がるなよ。もっといじめたくなるだろ」

「やだぁ……んぁっ、……やさしく、してぇ……っ」

眉間にしわを寄せて肩で息をするディーンだったが、うっとりと微笑みながら妻を片腕で抱き締めた。

「こんなかわいい君を見ていると壊れるまでぐちゃぐちゃにしたいのに、望みを叶えたいとも思うから迷うな」

熱っぽく耳元で囁かれ、胸が高鳴り、膣道が蠢く。自分の体は正直で、彼に愛を囁かれたら、それだけで子宮が疼いて飢餓感が高まっていく。

たぶん、ここに子種を欲しがっている。

まだ子どもを作るわけにはいかないけれど、本能で愛する人の精を求めている。

「ディーンさまぁ……っ」

舌足らずな声で彼を欲しがれば、すぐに深いキスを与えられる。揺さぶられながら必死に舌を絡め合う。

だが抽挿が激しくなって口づけが続けられない。

「ぷはぁっ、ああっ、んあぁっ、あぁっ、はあぅっ」

じんじんと重たい快感に再び思考が濁って、もう何も考えられない。握られていない方の手で彼にしがみつく。

これが夫婦の交わりなのかと、聞きかじった知識とはひどく違う愛の交歓(こうかん)に陶酔する。

恥ずかしい水音も、追い詰められる自分の声も、火傷(やけど)しそうなほど熱い体も、全部が気持ちいいのも、何もかも想像とは違って――

「んあぁっ、もぉっ、あっ、あんっ、んんぅ……っ！」

とうとう溜(た)め込(こ)んだ疼きが四散する。共鳴した膣襞が彼をぎゅうぎゅうと締めつけた。

「ああ、エヴァ……！」

ディーンが切羽詰まった声を漏らしたのと同時に、勢いよく体を起こして肉槍を引き抜いた。

「あんっ！」

媚肉がこすれる衝撃に腰が跳ねる。直後、腹部から胸の辺りに熱いものがばら撒(ま)かれた。

――あ……これって……

肩で息をしながら、とろみのある白い粘液を指先ですくう。表現しづらい匂いが立ち上った。

絶頂の余韻で呆(ほう)けながらそれを見つめていたら、ディーンに布切れで指をぬぐわれた。

「そういうことをしてると、また私に襲われるぞ」

「……ん」

なぜ襲われるかよく分からない。疲労とだるさで思考がうまく働かなかった。

それより彼とずっとつないでいた手がいつの間にか離れていて、それが少し寂しい。

指をふき終わったディーンが、体にかけた精液も綺麗にぬぐってくれる。自分でやると言いたくて、離れた手を取り戻したくて、彼の手を握って止めた。

「私が、やります……」

「いや、疲れただろう。そのまま眠ってもいいぞ」

ディーンが前髪をかき上げて撫でてくれる。

彼を見上げると、性の激情を消化した眼差しがとても優しいと感じた。

エヴァは素直に目を閉じ、意識の奥にある暗い深淵(しんえん)へと沈んでいった。

第六章

ユリストン王国では、宗教上の理由で離婚を認めていないものの、絶対ではない。

離婚が成立する条件は二つあり、その一つは伴侶が亡くなったときで、これは王国民の誰もが知っている。

もう一つはあまり知られていないが、婚姻そのものが成立しなかったと認められた場合だ。

たとえば異宗婚（いしゅうこん）――異なる宗教の信徒同士の結婚――だったとか、伴侶が大罪を犯していたとかが理由になる。

王妃とアマンダはこれを利用して、ラグロフト公爵夫妻を離婚させようともくろんだ。

アマンダはエヴァを国から追い出したいとも望んだため、王妃はエヴァの死亡を偽装し、国外追放にしようと計画した。

アマンダの夫であるドーソン侯爵は、さすがに死んだことを受け入れないだろうと予測し、領地で大規模な脱税をしていたと偽の告発をするつもりだった。

偽装した証拠も用意しており、あとはディーンを説得し、離婚を頷かせるだけだった――

アマンダが公爵邸に乗り込んでから一ヶ月がたった今日、彼女と王妃がどうなったかをディーンから聞くエヴァは、すぐに話の内容を理解できなかった。

まじまじと夫の美しい顔を見つめてしまう。

「……それ、三流の怪奇小説か何かですか？」

エヴァの言い方がおかしかったのか、ディーンは声を上げて笑い出した。

「まあ、そう言いたくもなるよな。だが本当にあいつらが企んだことだ。お粗末にもほどがある」

皮肉そうに笑うディーンに、エヴァもまた深く頷いた。


現在の季節は真冬。ほとんどの貴族は領地から王都へ移っており、連日連夜、王城や貴族邸で夜会などの集まりが開かれている。

ユリストン王国では、この時期から来年の二月下旬までが社交シーズンのピークだ。

今、その社交界でもちきりな話題は　王妃の転地療養だった。持病が悪化したため、南部にある王家の保養地で療養すると、王城から発表された。

とはいえ健康な王妃に持病があるなど誰も聞いたことがなく、しかも王妃は社交シーズンが始まってからというもの、己の派閥の夜会へ精力的に足を運んでいる。

なのに突然、シーズン中の転地療養である。

とうとう何かやらかしたのだと、王妃の為人を知る人々は囁き合った。

実際にディーンは、転地療養という名の幽閉だと語った。

「まあ当然だな。ラグロフト公爵夫人を国外追放にしようとくわだて、王家の忠実な臣下であるドーソン侯爵に冤罪をかけようとしたんだ。直接手は下していないが証拠は押さえたので言い逃れはできない。修道院ではなく別荘に幽閉なのは陛下の温情だな」

「侯爵夫人の方は、やはり鉱山に送られたのですか？」

「もちろん。あの女は王位継承権保持者の殺害未遂だからな。彼女を擁護していたドーソン侯爵が、妻の企みを知って手のひらを返したからすんなり決まったよ。彼女の両親も娘をかばったら累が及ぶと悟ったらしく、処刑でなければなんでもいいと引き下がった」

さすがに夫君も、妻が自分を罪に陥れようと計画していたのを知り、見限ったらしい。なんともやるせない結末である。

「……王妃殿下とは、もうお会いできなくなるのですね」

「ん？　君は母上と会いたかったのか？」

「いえ、私ではなく、かっ――」

閣下と言いそうになって慌てて口をつぐみ、「ディーン様がお会いできないことを悲しまれるかと思って」と言い直した。

彼と寝所を共にしたときに、名前で呼ぶと約束したため、あれ以来、閣下呼びするとおしおきされるのだ。それも恥ずかしい方法で。

まだ今は、昼食をとったばかりの明るい時間帯だ。破廉恥なことは全力で避けたい。

こちらの心情を読み取ったのか、ディーンの唇に弧が描かれ、悪戯っぽい声が放たれる。

「今、閣下と呼んだな？」

「いえいえいえいえいいえ。ちゃんと名前で呼んだじゃないですか」

淑女の笑みを顔面に貼りつけて平静を装うが、内心では冷や汗がダラダラと垂れ落ちている。

しばらく妻の鉄壁の笑顔を見つめていたディーンだったが、やがて肩をすくめると話を戻した。

「別にまったく悲しくない。これでようやく王城から膿が出ると、せいせいしているところだ」

強がって言っている様子でもなく、心からそう思っていると感じられる表情と口調だった。

だからこそエヴァは複雑な心境になる。

以前、王妃の夜会に招待されたとき、親子の情はあると思ったのだが、それほど強くはないと思い知って。

まあ、王妃が情を育んでこなかったというのもあるだろうが……

「陛下は、王妃様を庇うかと思っていました」

「王妃が罪を犯したことは、貴族連中もなんとなく察している。ここで甘い顔を見せたら、やがて臣下の忠義は低下していく。上に立つ者だからこそ、己に厳しくあらねばならない」

なるほど、だからディーンは〝誠実であれ〟と自身に課しているのだろう。君主一族が身びいきで法をねじ曲げたら、いずれ暴君になっていくから。

だとしても母親を、長年連れ添った妻を、こうして切り捨てなくてはならない立場というのは、やはり悲しいものがある。

しゅん、とエヴァは我がことのように肩を落とした。

妻のへこんだ様子に気づいたディーンは、小さく微笑むと組んでいた足を解き、己の太ももをポンと叩く。

「慰めてくれる？」

何かを期待するような彼の表情に、エヴァはその意図を察して頬を染めた。逡巡しながらも、彼の隣からその膝の上に移動する。

ドキドキと心臓の鼓動が速くなるのを感じつつ、彼のたくましい首に腕を回し、おそるおそる唇を重ねた。

初夜をやり直した後、ディーンは人目をはばかることなく、妻を愛でては可愛がっている。そしてエヴァからも甘えてほしいと、口づけてほしいと、能動的なふるまいを求めるのだ。

——そういえばお母さんも、何かの折に似たようなことを言っていたわ。

ディーンの唇に吸いつきながら思い出す。

『女の子は基本的に受け身だけど、それだけじゃ駄目なのよ。愛する人の心をつなぎとめるためにも、たまには積極的にならないと』

言われた当時は意味が分からなかったが、今ならすごくよく分かる。

男の人だって愛されたいと、自分は愛されていると実感したいだろう。大切な人からの愛が消えてないと安心したくて。

——私も、あなたに愛されていると、すごく安心する……

だからディーンにも安心してほしいと、唇の隙間から舌を差し入れ、彼の舌と丁寧にすり合わせる。口内のすみずみまで情熱的に舐めて、唇の間に糸が引くまで、相手の舌と体液を味わった。

「ん……ふぅ……はぁ……っ」

自分から口づけたのに、気づけば攻守所を変えている。

ディーンは唇の角度を変えて口に隙間なくぴったりと吸いつき、熱い舌で執拗に妻の口腔を嬲る。しかも彼の手が、妻の腰やお尻を卑猥な手つきでまさぐってくる。

エヴァはだんだんと、馴染みのある疼きが下腹に溜まっていくのを感じた。体が熱くなって顔も真っ赤になっているだろう。

この一ヶ月間、毎日のように彼に抱かれているため、こうして触れられるだけで体温を上げ、蜜を生み出して準備を整えてしまう。

愛する人を自分の中へ迎え入れるために。

……しかし真っ昼間からサロンで盛るほど、常識と平常心は捨てていない。

口づけながらディーンの肩を軽く押してみる。離れてほしいと意思を示したのだが、なぜかよけいに強く抱き締められてしまう。

さらに舌の動きが速まり、だんだんと唾液が飲み込めなくなって、唇の端から垂れ落ちていく。

「んうぅ……っ、はっ、待って……ちゅっ、んぁ……っ」

彼の手が乳房の際をなぞり始めたため、エヴァは猛烈に焦ってきた。このままでは間違いなく押し倒される。

このとき入り口のドアがノックされた。しかしディーンは入室の許可を出さないまま、妻との口づけに没頭している。

「だめ……あふぅ……やっ、ドア……っ」

しばらく間を空けて再びノックされたため、さすがにディーンも妻の唇を解放し、「入れ」と声をかけた。

それでも妻を膝の上から降ろそうとはしない。

エヴァが慌てて離れようとしたものの、ガッチリと腰を抱き締められてしまう。さらにハンカチで口元をぬぐわれる。

直接、「失礼します」と告げて入室したのはブラッドだった。

「ぐぉ……っ」

なぜか衝撃を受けて入り口で固まっている。

ディーンとエヴァが本物の夫婦になってからというもの、こうしてイチャイチャしている場面に彼が居合わせると、動揺も露わに動きを止めてしまうのだ。

エヴァとしても見せつけたいわけではないので、ブラッドの視界に入らないよう縮こまる。

まったく隠れていないのに、なんとか隠れようとする妻にディーンが相好(そうごう)を崩した。

彼は妻の髪を愛しげに撫でつつ部下に視線を向ける。

「なんの用だ？」

「はいっ。奥様にお客様です」

――え、私？

「エヴァに？　誰が来た」

「オーウェル侯爵令息で、ブルーノ・オーウェル様です」

従弟で、現在は義弟になった名前に驚いたエヴァは、伏せていた顔を上げた。

「叔父様と一緒に来たのでしょうか？」

するとブラッドは、エヴァの赤い顔と潤んだ瞳を直視できず、慌てて顔を逸らしている。

「いえ、お一人でお見えになりました。先触れはありませんが、これは閣下に知らせるべき案件と思い、応接間に通しております」

その含みを持たせる言い方に、エヴァとディーンは顔を見合わせた。

「どういうことだ？」

「お会いになれば分かるかと」

ブラッドがちらりとエヴァに視線を向けたため、ディーンは頷いて妻を膝から降ろした。

「君に会いに来たようだが、私も同席していいだろうか？」

「もちろんです。おそらく相談したいことがあると思われますので、ディーン様がいてくれた方が助かります」

自分はラグロフト公爵夫人だが、権力など持っていない。問題が起きたらディーンに頼るしかないのだ。

不安から手で胸を押さえると、ディーンが寄り添って背中を撫でてくれる。いつものように頼もしさを覚えるから、すぐに気持ちも落ち着いてきた。

彼にエスコートされて応接間へ向かう。

――あの子が連絡もせずに会いにくるなんて、何があったの……？

彼は叔父の一人息子で、次代のオーウェル侯爵だ。叔父は放蕩者だが嫡子の教育には厳しく、何人もの家庭教師をつけていた。学問以外にも貴族の礼節やマナー、教養などもきっちり学ばせている。面会予約もなしに突然、貴族の屋敷を訪問する無作法をするならば、相応の理由があるはずだ。単に顔を見に来たとは思えない。

その理由になんとなく心当たりがあるから、小さな義弟が心配でならなかった。

侯爵邸で暮らしている間、エヴァは使用人として働いていたが、ブルーノはエヴァを従姉として敬意をもって接してくれた。少し体が弱いものの、利発で優しく、将来はいい領主になるだろうとエヴァも期待していた。

エヴァが叔父の養女になってからは、義姉上と呼んでさらに懐いてくれた。結婚式にも参列してくれた。

ときどき手紙を出していたが、この一ヶ月はディーンとの関係が濃厚すぎて、やり取りを怠っていたのが悔やまれる。

そして彼からの便りも途絶えていると、今になって思い出した。

……自分もまた恋に浮かれて舞い上がっていたのだ。

エヴァが激しく後悔しているうちに応接間へ着いた。部屋の中に入ると小柄な少年が立ち上がる。

ブルーノを見たエヴァは息を呑み、ディーンは眉をひそめた。

十二歳とは思えないほどやせ細っており、しかも明らかに手入れがされていないくたびれた服装で、とても高位貴族の令息とは思えない姿なのだ。

「ブルーノ！　いったい何があったの？」

「……義姉上、ラグロフト公爵様。先触れも出さずに訪問するご無礼をお許しください」

頭を下げた際に小さな体がグラついた。すぐに駆け寄ったエヴァが支えると、彼の腹が鳴って恥ずかしげに腹部を押さえている。

すぐさまディーンがブラッドに命じた。

「食事を用意してくれ。消化がいい子どもに食べやすいものを」

頷いたブラッドが素早く部屋を出ていく。

エヴァはブルーノを長椅子に座らせ、その隣に腰を下ろそうとして……ハッとディーンに視線を向ける。客がいるときは、夫婦が横に並んで座るものだ。

彼が頷いてくれたので、遠慮なくブルーノの隣に腰を下ろす。ディーンは二人の正面の椅子に座り口火を切った。

「すまないが私も同席させてもらう」

「はい。もちろんです公爵様」

「まず食事をしてから話すといい」

腹の音を聞かれたとブルーノが顔を赤くするが、首を左右に振った。

「いえ、少しでも早く聞いていただきたいのです。……申し訳ありません。僕の力が及ばず、オーウェル侯爵領が再び傾いており、もう完全に立ち行かなくなりました」

そうじゃないかと思っていたエヴァは視線を伏せる。

どうみてもブルーノの姿は困窮している者のそれだ。でも以前、破産寸前まで行ったときは、ここまでひどい状況ではなかったのに。

彼は続けて、今日は援助をお願いにきたのではなく、今後について助言を求めにきたと告げた。ディーンは彼の、予想よりしっかりとした言葉に頷いてから呼びかける。

「ブルーノ」

今までディーンが妻の義弟を名前で呼んだことはないため、ブルーノは数拍遅れて、「あっ、はい！」と背筋を伸ばした。

「オーウェル侯爵家の現状について詳しく説明してくれ。君の家は王家にとってなくてはならない家門であり、それ以上に我が妻の実家である。協力は惜しまない」

ブルーノが口を半開きにして、ぽかんと呆けている。まさかそのように言われるとは思ってもいなかったのだろう。

「……い、いえ、我が家はすでに公爵様から莫大な支援をいただいています。これ以上は望めませんから……」

動揺しつつ、ブルーノはオーウェル侯爵家について話し出した。

侯爵家はかつて、破産寸前になっていたのをディーンの個人資産で借金を減らし、再出発できる程度に財政を立て直してもらった。

オーウェル侯爵もさすがに金庫が空になり、家中の家財道具や宝飾品などに差し押さえの紙が貼られる光景を見て、このまま放蕩を続けていたら住む屋敷さえ失うとようやく気づいた。

そのため愛人たちと手を切り、少なくともエヴァが嫁入りするまでは、嫌々ながらもつましい生活を送っていた。

侯爵はもともと領地運営が苦手なため、実際の運営は執事を中心とした事務系の使用人たちが担い、領主代理としてブルーノが確認し、侯爵は書類にサインをするだけという状況だった。

それで領政はうまくいっていた。

しかし侯爵は長年遊び暮らしていたせいか、自由に金を使えない状況に、欲求不満や鬱屈、精神的苦痛を溜め込むようになったという。

そしてエヴァが結婚して外部の目がなくなると、しばらくして鬱憤を爆発させてしまった。

ブルーノと執事たちを牢に閉じ込め、領主の権限を復活させると、金を増やすために怪しい投資詐欺に飛びついて、再び借金を増やしたそうだ。

騙されたと知った侯爵はショックのあまり酒浸りの不摂生な生活を送り、半月ほど前に倒れてしまった。

投獄されたブルーノたちは、侯爵が寝込んでから料理人に救出されたものの、増えた借金はすでに返済することができない額に膨らんでいた。

手持ちの金さえないので満足に食事も取れず、屋敷から逃げ出した使用人も多いため、身支度さえ整えられない状況に陥ったという。

先触れを出せなかったのは、レターセットを買う余裕もないからだった。

……との話を聞いたエヴァは、両手で顔を覆ってうつむき、泣きそうになる表情を隠した。

まさか叔父がそこまで愚かだとは思わなかった。実子を牢にぶち込むだなんて。それでここまでブルーノが痩せているのかと、胸が痛くてたまらない。

錯乱したともいえるオーウェル侯爵の奇行に、ディーンはやるせないため息を吐いた。

「当主がそれでは、金を渡しても使い込まれるだけだろうな。際限がない」

「はい……それで援助ではなく、お知恵をいただけたらと、厚かましく訪問した次第です……」

ここでディーンはブルーノから視線を逸らすと、そのまま顔を背けて話し出した。

「あまりおすすめはしないが、領地を国に返還すれば借金も消える」

その言葉にエヴァは硬直する。

対してブルーノは喜色を表した。

「借金ごと領地を返せるんですか⁉」

「……ああ。そして領地を返還しても爵位は残るから、君がオーウェル侯爵子息であることは変わらない。そして領地を国に返せば、王領管理官が適切な領地運営をするはずだ。長い目で見たら領民にはその方がいいだろう」

ブルーノの顔に初めて笑みが浮かんだ。

「ありがとうございます！　領地を返す方向で父を説得したいと思います」

エヴァの顔色が悪くなっているのを、ブルーノは気づかなかった。ディーンの提案はデメリットが大きすぎるのだ。

ディーンもそれを分かっているため、領地返還についての重大な欠点も告げる。

「ただ、オーウェル侯爵は奉職していないから、収入源となる領地を失ったら無収入になる」

「あ……」

そのことに思い至ったブルーノは肩を落とす。

爵位があっても、貴族とは名ばかりの貧しい生活を送ることになり、金がかかる社交界にも出入りできない。

そうなるとふさわしい結婚相手が見つからず、オーウェル侯爵家は爵位が残っても、いずれ断絶する未来しかないのだ。

ディーンは痩せた少年を痛ましげに見つめる。

「提案しておいてこう言うのはなんだが、基本的に爵位と領地は切り離すものではない。没落した貴族が領地を返還する際は、爵位も返上するのが習わしだ」

ブルーノが不思議そうに首を傾げる。

「領地を持たない貴族もいますよね?」

エヴァの母方の祖父、ワット男爵も領地なしの新興貴族だ。

「そうだな。それは初めから爵位のみと定められているので構わない。領地なしの貴族のほとんどは商売をしていて、そこで働く従業員が〝守るべき者〟とみなされる」

「守るべき者……?」

「そうだ。貴族を貴族たらしめるゆえんは、王国民を守り、富ませているという誇りだ。我々は神に魂を返すそのときまで、果たさねばならない責任と義務を生まれながらに背負っている」

王家は国と王国民を、領主は領地と領民を守り、生活を豊かにする使命がある。それを投げ出しては、王族、貴族たり得ない。

だからこそ戦争が起きれば、王子といえども最前線に立つ義務が発生する。

ノブレス・オブリージュなくして、上流階級に生きることは許されないのだ。

そのため領主が守るべき領民を見放せば、貴族社会から恥さらしと後ろ指をさされ、貴族とは認められなくなる。

爵位があっても、ただの飾りとみなされるだけだ。

オーウェル侯爵家は建国から続く名門貴族だが、領地を失えば爵位の価値はなくなり、その時点で侯爵家の歴史は途絶えるのだ。

爵位と血筋だけ残っていても、二度と〝第一の忠臣〟とは呼ばれない。それほど貴族にとって、守るべき領地と領民は重みがある。

だから領地を持たない新興貴族は社交界で舐められるのだ。

エヴァの両親が結婚を猛反対されたのも、母親の身分が低いだけでなく、新興貴族であることが大きかった。

ディーンの説明に、ブルーノは拳を握り締めてうなだれる。

「知りませんでした……」

このときドアがノックされて、ブラッドがメイドを従えて入室する。メイドはワゴンを運んでおり、載せてある皿からは湯気といい匂いが立ち上っていた。

「まずは食べなさい」

ディーンが告げると、ブルーノは遠慮せずにスプーンを握り締めてパン粥を食べ始める。

マナーは守っているものの、食べるスピードがかなり速い。どれだけ飢えていたのかと想像するだけで、エヴァの胸がちくちくと痛んだ。

「食べながらでいいから聞きなさい。もし領地を返還して生活できなくなったら、騎士団に入ることを勧める。あそこなら衣食住のすべてを保証してくれるし、見習いでも給金は出る」

ブルーノが食事の手を止めてうつむいた。

エヴァが、「ディーン様、よろしいでしょうか」と発言の許しを得てから口を開く。

「この子は生まれつき気管支が弱く、走ると息切れを起こしたり、呼吸困難になるのです」

「ああ……そうすると騎士団は難しいな」

八方塞がりなったと気づいて、ディーンが天を仰いだ。応接間に沈黙が満ちる。

急いで食事を平らげたブルーノは、深く頭を下げて礼を告げた。

「ありがとうございました。騎士団への入団は難しいかもしれませんが、前向きに考えてみます。領地の返還は……父は認めないかもしれませんが、説得します」

「何かあれば遠慮なく私を頼りなさい。君は義弟になるのだから」

ブルーノはためらいがちに頷き、隣に座る義姉へ視線を向ける。

「義姉上、とても綺麗ですね」

「えっ？」

深刻な話をしていたのに突然話題を変えるから、エヴァだけでなくディーンも目を瞬いている。

「もともと綺麗な方だと思っていましたが、今は内側から輝いているようです。それが義姉上の本当の姿なのですね」

「急にどうしたの？」

「……父上が義姉上を貴族令嬢と認めず、使用人として働かせているのを見るのが、僕はずっとつらかった……だから幸せそうな姿を見て安心しました」

「まあ、私はそのとき平民だったから」

「いいえ」

今までとは違う強い口調で否定するから、エヴァはブルーノの顔を覗き込む。やせて落ちくぼんだ瞳には、ひどく悲しげな弱々しい光が滲んでいた。

「オーウェル侯爵家の、〝第一の忠臣〟としての誇りを受け継ぐのは義姉上です。本来のオーウェル侯爵は伯父上なんですから」

「それは……」

「僕は義姉上と会って、初めて一族の誇りや意義を知りました。〝第一の忠臣〟とはただの尊称ではなく、とても重い価値があるのだと。でもやっぱり僕には家門の重みが分からないんです……」

悔しそうに唇を引き結ぶ少年の姿を、エヴァは痛ましいと思う。

生家に対する矜持や伝統精神は、幼い頃からの環境によって育まれるところが大きい。親や兄弟、親戚から少しずつ学んでいくのだ。

こればかりは家庭教師が教えられる分野ではない。

エヴァだって父親から鍛えてもらうたびに、なぜ戦わねばならないのか、国に仕える意味とは、とオーウェル一族の価値観を教え込まれた。

祖父母のワット男爵夫妻でさえ、孫娘をオーウェル侯爵家の娘として淑女教育を施した。

しかしブルーノはそういった教育をいっさい受けていない。叔父がオーウェル一族としての矜持を持っていないからだ。

叔父は祖父――前オーウェル侯爵から見放されていた。体が弱くて身体能力が低く、動くのが苦手で騎士に向いていないのが理由らしい。優秀な兄がいたのもあって、ろくな教育を受けていないという。

叔父がそのような境遇だったため、当然、ブルーノも一族の存在意義を理解できないでいる。

エヴァは、いつもディーンが自分にしてくれるように、小さな背中を手のひらで撫でた。

「そう言い切れるあなたもまた、オーウェル侯爵家の血脈を継ぐ者ですよ。一族の誇りはこれから学べばいいのです」

ブルーノが泣くのをこらえているから、涙の衝動が収まるまで撫で続けた。

ブルーノは馬車ではなく、徒歩で公爵邸にやって来たという。なんでも飼葉(かいば)を買う金がないので馬を売ってしまったとのこと。

そこまでひどい状況なのかとエヴァは背筋が冷えた。

ディーンの指示で、ブルーノは公爵家の馬車で送ることになった。

エヴァはオーウェル侯爵邸まで付いていきたかったが、これはディーンだけでなくブルーノにも止められた。

「父が荒れていますから、義姉上の顔を見たら何をしでかすか分かりません」

言われてみれば自分は叔父に嫌われている。

オーウェル侯爵家で長く働く使用人によると、叔父は文武両道な兄に多大な劣等感を抱いているという。

その兄が何もかも捨てて女に走ったことを嘲笑っていたが、兄の妻が絶世の美女で、平民に堕ちたくせに幸せに暮らしていたから、さらに憎しみを募らせて娘のエヴァに八つ当たりしているらしい。

しかも愛人を五人も作ったのは、兄の妻よりも美しい女に愛されたいという願望によるものだそうで、劣等感の深さがうかがえる。

でもそれは、エヴァにはどうしようもないことだ。確かに会わない方がいい。

別れ際、ディーンがブルーノに小さな箱を渡した。当面の生活費とのことでブルーノは固辞しようとしたが、ディーンに叱られている。

「本来ならその歳で親の尻拭いをする必要はないんだ。頼ることができる大人がいるうちは甘えておきなさい」

そう言われて、ブルーノは迷いながらも受け取り、一人で帰っていった。

馬車が遠くにある正門から出ていくと、エヴァはあることに気づく。

「あの身なりで、よく門を通れましたね……」

しかも先触れを出さずに徒歩でやって来るなど、オーウェル侯爵子息と名乗っても誰も信じなかっただろう。

門衛に警吏を呼ばれなくて、本当によかった。

ぼんやりと呟いたら、隣にいるディーンがクスッと小さく笑った。

「その理由はブラッドに聞くんだな」

「え?」

振り向いて背後に控える騎士総長を見れば、なぜかバツが悪そうな顔つきになっている。

「……オーウェル侯爵家は奥様のご実家ですから、俺たちが勝手に判断して帰すわけにはいきません。子息を名乗る偽物なら警吏に突き出さなきゃいけませんし」

そこでブラッド自ら、ブルーノの容貌を確認しに正門まで駆けたという。彼は主人夫妻の結婚式に護衛として参列していたので、奇跡的にブルーノの顔を知っていた。

「そうだったんですか……わざわざありがとうございます、チアーズ総長」

頭を下げると、ブラッドが目に見えて焦り始める。

「いえっ、別に、たいした手間ではありませんから……」

顔を背けて苦虫を噛み潰したような顔になっている。そんなにブルーノが来たことが嫌だったのだろうか。申し訳ない。

するとディーンが笑いながら肩を軽く叩いてきた。

「ブラッドは君の役に立ちたいんだよ。今までの償いで」

「なんですか、それ？」

本気で意味が分からず、きょとんとしてしまう。償いとは何に対してなのか。

ブラッドがきわめて渋い声を漏らした。

「閣下、奥様。ここは冷えますから屋敷に入ってください」

「そうだな」

空を覆っている雲はどんよりとしており、今にも雪が降りそうだ。

ディーンは妻をエスコートして邸内に戻ると、歩きながらブルーノについて話し出した。

「あの子を私たちが引き取って養育することもできるが、父親が生きているうちは難しいだろう」

「そうですね。叔父が嫡男を手放すはずがありません」

ましてや嫌っているエヴァの義息子にするなど、絶対に許さないだろう。

「父親を刺激して最悪の事態になるのも避けたいから、やはり難しいな」

「え……最悪の事態とは？」

「困窮のあまり息子を売ることだ」

嫡男のブルーノは、父親が亡くなるか隠居すれば、未成年でもオーウェル侯爵になる。爵位を狙う者たちにとって、格好の獲物になる可能性が高かった。

下位貴族や爵位を持たない商人などが、金と引き換えに娘と結婚させようと近づいてくるだろう。

「そういった連中の娘とブルーノが結婚すれば、オーウェル侯爵家の後見人として、高位貴族のみが集まる夜会にも参加できる。それに生まれる孫は未来の侯爵閣下だ。様々なうまみが得られるだろう」

「そんなことが……」

没落貴族の令嬢が、金持ちだが親子ほど歳の離れた男や、身分の低い男に嫁がされるのと同じことだ。エヴァは顔色を悪くする。

「その結婚がブルーノにとって幸せなら反対はしないが、よっぽどの幸運がなければ、そうはならないだろうな」

「叔父がブルーノをお金と引き換えに結婚させるなんて、あり得ないと思いますが……」

「分からんぞ。君だって私に売られただろう」

思わず足を止めてしまったため、腕を組んでいたディーンも立ち止まった。エヴァは高い位置にある、前を向いたままこちらを見ない美しい横顔を見上げる。

「……伝え忘れていましたが、私は望んで結婚したんですよ。こんな素敵な方と結婚できるなんてと、嬉しくってはしゃいでいました」

「そうか」

ディーンが自嘲気味に小さく笑う。妻が気を遣って告げたのだと思っているようだ。

エヴァは添えている彼の腕から手をすべらせ、大きな手のひらを握ってみる。すぐに指を絡める握り方をされた。

「私は今、すごく幸せです」

「……ああ、知っている」

ようやくディーンがこちらを見てくれた。

エヴァは彼の憂いを取り除きたくて、そっと背伸びをしてみる。身長差がほんの少しだけ縮まった。

ディーンが背を屈めてくれたので、さらに距離が縮まって唇が重なり合う。

ちゅっ、ちゅっ、と小さく音を立てつつ、顔の角度を変えて何度も唇に吸いついた。……あなたを慰めたくて。

しばらくすると背後から、わざとらしい咳払いが響く。

ハッとしたエヴァは慌ててディーンから離れた。

——またチアーズ総長の前でイチャイチャしてしまった……！

ディーンは背後をひと睨みしてから、名残惜しそうに妻の手を放した。

「すまないが、今日は騎士団の仕事で遅くなる。先に寝ていてくれ」

「はい。お気をつけて」

エヴァはディーンとブラッドを見送ってから、残った執務を片づける。夕食は一人なので部屋で軽く済ませた。

今夜はディーンも遅いだろうから、寝衣は生地が厚く裾の長いシンプルなものを選ぶ。

彼は初夜をやり直したとき、透けっぷりが激しい寝衣をいたくお気に召したらしい。その後、似たような寝衣を山のように買い足し、戸惑う妻に着せている。

——あれ、今の時期は寒いからご遠慮したいんだけど、どうせ脱いじゃうし結局は熱くなるから、言い出しにくいのよね……

ハハハ、と弱々しく微笑み、久しぶりに普通の寝衣に着替えた。

しかし寝支度を整えても、やたらと目が冴えて全然眠気がやって来ない。気持ちが不安定になっているようだ。

しかたなく刺繍をしながら、実家について考えることにした。

――もう侯爵家の没落は止めることができないでしょうね……

ブルーノも言っていたが、これ以上、ディーンに金を出させるわけにはいかない。

仮にもう一度叔父に援助したら、一時的に持ち直しても、しばらくすれば再び資産を食いつぶすだろう。

――それに叔父様が領地の返還に応じても、無収入になったら、ブルーノの養育費と称して金の無心をしにくる可能性だってあるわ。

薄情だが叔父がどうなっても心は痛まない。でもブルーノは成人するまで守ってあげたい。子どもに罪はないのだから。

ただ、そう願う自分に叔父を突き放せるだろうか……

ディーンは自分たちがブルーノを引き取り、養育することもできると言ってくれた。

けれど血族でもない子どもの人生を彼に背負わせ、オーウェル侯爵家の不祥事に延々と関わらせることなど、申し訳なくて心苦しくて自分が許せない。

これ以上、実家のゴタゴタにディーンを巻き込むのは間違っている。

彼はすでに多くのものを背負っているのだから——

「いたっ」

機械的に刺繍をしていたら、針が指先を刺してしまった。やはり考え事をしながらの刺繍はうまくいかない。

しかも痛みでよけいに目が覚めた。

だがこのとき、強い刺激によって不明瞭な思考が晴れ、あることを思いついた。オーウェル侯爵家がまとまった金を得られる方法が、一つだけあると。

まだエヴァが侯爵家にいた頃、財政を立て直す方法を弁護士に相談したとき、『ブルーノ坊ちゃんが成人していたら、有効な手段があるんですけどねぇ』と言われたのだ。

思わず長椅子から立ち上がる。

「閣下に、いえディーン様に相談しないと……！」

先に寝ていてくれと言われたことも忘れ、そわそわと部屋の中を歩き回る。

ディーンが寝所へ来たのは、すでに日付が変わった深夜だった。彼は妻がまだ起きていたことに驚きつつも、嬉しそうに愛妻を抱き締める。

「私を待っていたのか？」

「はいっ。実はお話があって」

「では少し寝酒に付き合ってもらおうか」

侍女を呼んでブランデーを用意させる。エヴァはアルコール度数の高い酒はそれほど飲めないため、少し舐めただけで話を切り出した。

「ディーン様。しばらくの間、オーウェル侯爵領に行くことをお許しください。領地を立て直してみせます」

彼は妻の話の内容を予想していたのか、表情を変えずに酒を飲んでいる。しかし彼女の目を見ようとはしない。

「そんな話だろうと思った。私が許すとでも？」

「このままではオーウェル侯爵家は没落します。食い止めることができるなら努力したいですし、これ以上はディーン様を巻き込みたくありません」

「私はブルーノに協力を惜しまないと告げた。あの子を援けることは私の意思なので気にするな」

「ブルーノを援けたら叔父がついてきます。叔父は息子を口実にして、公爵家にたかろうとするでしょう」

「だろうな」

あっさりと頷いたため、なぜそんなに鷹揚なのかとエヴァの方が焦れてしまう。

「だが君一人で何ができる？　君は侯爵家を救えるほどの金なんて持ってないだろう？　それとも私が贈った宝飾品を金に変えるか？」

皮肉そうに笑うディーンへ、エヴァは首を左右に振る。

屋敷に宝石商が来たとき、彼はジュエリーを選んでいた際、『資金が必要になったときは売ればいい』と告げた。

しかしそれは、エヴァが自分自身に使うと想定してのことだ。

個人的な資産を持たないエヴァが使える手段は一つしかない。

「領地を担保に国庫からお金を借ります」

ここでようやくディーンがエヴァを見た。いつもの優しい眼差しとは違う、公爵閣下として高度な判断をするときの目を向けてくる。

「それに気づいたか。……確かに君ならば借りられるだろう」

領地は領主が土地の所有権を持っているが、正確には国から貸与されているだけにすぎないため、勝手に売ることはできないし、領地を担保に借入することもできない。

しかし領地は生産物で利益が発生するので、予想年間収入に応じて国から融資を受けられるのだ。真面目に領地運営をしていても、天候不順や災害で、農作物が壊滅的な被害に遭う場合も少なくない。農業のみで他に産業がない領地だと、それだけで収入がなくなってしまう。

そのため被害の状況によっては無利子で借りることもできた。もちろん財務調査官による厳しい審査を通らねばならないが。

オーウェル侯爵家の財政難は、当主の浪費によることが原因だ。本来なら融資を受けられる可能性は低い。

けれど自分が申請すれば審査を通る可能性は高かった。

叔父では審査で弾かれるだろうが、自分は侯爵領を立て直した実績があり、公爵夫人として現在も執務に関わっている。

しかもオーウェル侯爵家は領地収入が絶えたわけではないので、借金さえ返すことができたら少しずつ返済できる。

これを理由に、オーウェル侯爵令嬢のエヴァが当主に代わって申請するつもりだった。

この制度は成人した家族なら、当主でなくても利用できるのだ。おあつらえ向きに叔父は倒れて執政を放棄しているから、エヴァの独断で申請しても咎められないだろう。

できるとの自信があるからこそ、こうしてディーンに訴えているのだ。

「どうかしばらくの間、おそばを離れることをお許しください」

真剣な眼差しで彼を見れば、だんだんと整った顔から表情が抜け落ちていく。まるで無機質な人形を相手にしているようで、背筋が粟立つ。

短いのか長いのか分からない時間を彼と見つめ合っていたら、不意にディーンが視線を逸らした。

「――却下だ」

にべもない態度で切り捨て、今までのやり取りなどなかったかのように平然と酒を飲み始める。

エヴァは身を乗り出した。

「どうか考え直してください。これ以外に方法がありません」

「オーウェル侯爵領が落ち着くまで何年かかるんだ？　その間、私は一人だ」

「それは……」

エヴァもここだけは読めなかった。もしかしたら数年かかるかもしれないとは、頭の片隅で気づいていたけれどディーンは……本当はオーウェル侯爵領を国に返したいとは思っていないはず。自分にはそれが分かる。

だからこそエヴァも引くことができなかった。

「君が私のそばを離れるなど許さない。君はもうラグロフト公爵家の人間だ」

「そうです。私は公爵夫人です。だからこそ夫に迷惑をかけたくありません」

カンッ！　と音を立ててディーンがグラスをテーブルに置いた。叩きつけると言ってもいい激しさに、エヴァの体が跳び上がる。

ディーンは前を向いたまま、口元に嗜虐的な笑みを浮かべていた。

「君はどこまでも〝臣下〟なんだな。私の妻じゃない」

妻ではない。

己の存在を否定されたエヴァは、目の前が真っ暗になるようだった。

――閣下、どうして……？

ショックで体の奥底から震えが這い上がり、手足が冷たくなっていくのを感じる。

それなのに彼の横顔が、笑っていながらも寂しそうに見えるから、ひどく混乱した。

「だっ、だって、オーウェル侯爵家は、王家にとってなくてはならない家門だって、おっしゃったのは閣下では――」

「それで私を呼ぶな！」

いきなり激高したディーンがエヴァの肩をつかみ、強引に長椅子の座面へ押し倒した。両手首をつかんで彼女の頭上で縫い留める。

エヴァは殺意にも似た怒りを初めて向けられ、恐怖ですくみ上がった。それでも彼の表情が胸をかきむしりたいほど切ないから、相反する感情で心がぐちゃぐちゃになり、動けない。

「臣下の君は私が言葉にしない、完全に隠しおおせたはずの気持ちまでたやすく暴いて、勝手に私のために動こうとする。……見上げた忠誠心だな、さすが〝第一の忠臣〟だ」

彼の様子はとんでもなく怒っていると察せられるのに、瞳に悲しげな光を感じるから何も言えなかった。彼をそんなふうにしているのは、自分のせいだと分かってしまって。

「君の言う通りだ。オーウェル一族の歴史を途絶えさせるなど許さない。レイフが命をかけて守ったものを滅ぼすぐらいなら、あの無能侯爵を八つ裂きにする」

突然、父親の名前が出てきてエヴァは驚く。けれどすぐに納得するものがあった。

彼と父が出会ったのは戦場のはず。

そこで何があったのかディーンは語ろうとしないが、こうして名前を口にするほど忘れられない過去なのだろう。

だからこの人は、オーウェル侯爵家が消えることを、何よりも憐(あわ)れむのかもしれない。

そしてエヴァはそんな彼の想いを悟ってしまうから、なんとしても実家を救いたかった。

本当はブルーノのためではなく、あなたのために。

「だがな、君は思い違いをしている。迷惑をかけたくないと言ったが、私は迷惑をかけてほしいんだ」

「……え」

「私を巻き込みたくないとも言ったな？　だが私は巻き込まれたい。君の問題はすでに私の問題だ。それが夫婦というものだろう？」

……やっと気づいた。この優しい人を他人行儀な態度で傷つけたのだと、ようやく彼の気持ちを理解した。

己の愚かさが情けなくて、心が引き裂かれるようだった。

「ごめんなさい……」

ほろほろと涙が零れ落ちる。こんなときに泣くのは卑怯だと思っているのに、涙が止まらない。大切な人のためにと思った行動が、逆にその人を悲しませた。

ディーンが目尻に口づけて雫を吸い取ってくれる。その唇は優しいが、いまだに赤紫の瞳の奥はよどんでいる。

「……そうだ。もういっそのこと子どもを作るか」

「子ども……？」

王太子妃が懐妊したことは、すでに公にされている。しかしまだ生まれていないので、当然ながら御子の性別は分からない。

そのためエヴァたちは避妊を続けている。

ディーンは妻の下腹をそっと撫でて、口元にほの暗い微笑を浮かべた。

「子どもが生まれたら、さすがに君も臣下から母親になるだろう」

「まっ、待ってくださいっ」

「それにオーウェル領はここから遠い。身ごもった状態で長距離移動は難しいし、赤子が生まれたら不可能だ。ちょうどいい」

ディーンがいきなり妻のガウンをはだけ、勢いよく寝衣の裾をめくり上げた。

「わぁっ！」

「……なんでドロワーズを穿いてるんだ」

不機嫌そうに呟いている。

彼と寝所を共にしてから、寝台では常に布面積が極端に少ない、下着の用をなさない下着を穿いていた。ものすごく恥ずかしいが、どうせすぐに脱いでしまうからと割り切ることにしている。

しかし今夜は必要ないと思ったのだ。

「だって、今日は、遅くなるって、おっしゃったから……」

しどろもどろに答えると、頭上で拘束されていた手が外される。ほっと息をついた瞬間、ドロワーズを一気に脱がされた。

「わわっ、待ってくだい、ここで……？」

長椅子の上で下半身を剥き出しにする事態に焦る。いつもなら寝台まで優しく抱き上げられて運ばれるのに。

うろたえるエヴァの問いにディーンは答えず、無言で妻の肢体をクルッと引っくり返した。

「えっ」

脚を床に下ろされて両膝をつく状態にされる。

毛足の長い絨毯があるので痛くはないけれど、座面に上半身を伏せてガウンごと寝衣をめくられるから、彼にむき出しの尻を突き出している姿勢になった。

ディーンと寝所を共にするようになって、背後から貫かれる体位を何度も経験している。けれどそのときと比べて羞恥心が格段に強く、逃げ出したいほどの焦燥感に駆られてしまう。

なぜなら部屋はランプの明かりで煌々と照らされており、薄暗い寝所より自分の体がよく見えるのだ。

後ろの窄まりを意識すれば冷や汗が滲む。

しかもここは陸み合う場所じゃない。汚したらどうしようと、ひどく落ち着かなかった。さらに上半身は寝衣を着たままで、中途半端に乱れる姿は全裸よりも恥ずかしい。

エヴァが赤くなった顔をクッションに埋めたとき、彼の指で秘所を撫でられる。

「あっ、あぁ……」

まだ乾いているが、彼に触れられていると感じるだけで、下腹がどうしようもないほど疼く。それほどたたないうちに、くちゅっと恥ずかしい水音が聞こえてきた。

蜜を絡めた指が、ゆっくりと女の入口へ沈められる。

「はぁう……っ」

節くれだつ長い指が、くちゃくちゃと卑猥な水音を鳴らしてエヴァの蜜沼をかき混ぜる。

もう片方の空いた手が、尻と太ももの弾力を味わいつつねっとりと撫で上げ、やがて下腹部へと伸ばされた。

まだ柔らかい蜜芯を、壊れ物をあつかうような慎重さで撫で回す。

「ん……ん……っ」

敏感な粒を執拗に刺激され、一緒に蜜路を隅々までまさぐられる。

背後からの指使いはいつもと指の動きが少し違っていて、予想できないタイミングで快感を刻まれるから、恥ずかしいのに尻を振ってしまう。

すごく気持ちがいい、と。

「ふぅ……んくっ、ふうぅ……っ、はあぁ……っ」

エヴァは蜜口から熱い粘液を垂らし、あられもなく喘いで、尻を跳ね上げ、びくびくと全身を震わせる。

ただ、気持ちいいのに快感にのめり込むことができなかった。

——だって、ディーン様、しゃべらない……

いつもなら彼は、妻の耳元で恥ずかしいことを囁いたり、それ以上に愛の言葉を贈ってくれる。けれど今は口を閉ざしたままだから、不安感が胸の奥でくすぶって集中できない。

「ディーン様……」

今までは名前を呼べば必ず反応してくれたのに、それがない。しかも彼が背後にいるので視線さえ合わなくて、そのことがひどく己の心を落ち着かなくさせる。

「あの、何か、話してください……きゃぅっ！」

彼の指先がエヴァの好いところをかすめた。ぎゅっと指を締めつけたそこを、徹底的に嬲られる。

「あっあっ、そこっ、やぁっ！　だめっ、ああっ、はぁんっ、ああ……そんな、だめぇ……っ」

だんだんと蜜芯も快楽を吸い上げて硬くしこってくる。彼のもう一方の指が容赦なく押し潰し、二本の指ですり合わせる。

極みに達するのはあっという間だった。

エヴァの体を本人よりも知り尽くしている彼の手練手管によって、エヴァは恍惚の彼方（かなた）へと意識を飛ばされる。

でも心のどこかで、とてもむなしいと感じていた。愛を確かめる行為だと思えなくて。

はあはあと肩で息をしていたら、いつの間にか指を引き抜かれていた。気づけばぐっしょりと濡れた蜜口を、硬いモノが拡（ひろ）げて侵入しようとしている。

待って、との言葉は、喘いでいるエヴァには出せなかった。後背位で一息（ひといき）に貫かれる。

「あぁ――……っ」

まだ絶頂の余韻から抜けきれないうちに、ぱちんっ、と再び悦（えつ）が弾（はじ）け飛ぶ。

目もくらむような快楽に翻弄されるエヴァは、蜜路を痙攣（けいれん）させ、咥え込んだ剛直を思いっきり締めつけた。

「グゥ……ッ」

男の低い呻（うな）り声（ごえ）に、エヴァはほんの少し安堵する。彼の声がやっと聞けたから。

しかしそのような淡い想いも、ディーンが腰を打ちつけてきたことで霧散（むさん）する。

「あっ、あぅっ、はぁっ、あ、あぁっ」

しょっぱなから激しく突き上げられた。彼はエヴァの腰のくびれを両手でわしづかみ、逃げられないようガッチリ固定し、一方的に揺さぶってくる。

いつもならディーンは、エヴァの身も心もとろとろになるまで甘やかし、それから挿入してくれる。なのに今は気遣いさえ感じなくて、ただ彼の欲望を打ちつけられているようで、気持ちいいのに苦しかった。

そこに愛がないから。

「うぇぇ……ひぅ……」

ボロボロと涙が噴き出てくる。快楽によるものではなく、ただただ悲しくてつらくて、情けない泣き声が止められなかった。

それにディーンも気づいたのか、動きを止めて覆いかぶさってくる。

「エヴァ……」

ようやく名前を呼んでくれたと、エヴァは泣きながら振り向いた。

ディーンは興奮で目元を赤く染めながらも、気まずそうな、後悔しているような表情になっている。

「ディーン様……キス、したい……」

彼と口づけしていないことが、ひどく悲しかった。

寝所でもそれ以外でも、いつもいっぱい口づけてくれるから。

キスだけで愛されていると実感できて、すごく幸せな気分になれるから。

今はそれが与えられなくて、とても寂しい……

えぐえぐと子どもみたいに泣いていたら、ディーンがそっと口づけてくれた。それはおそるおそるといった、慎重さを感じさせる触れ合いだ。

それでもエヴァは嬉しくて胸が弾んで、必死に舌を伸ばして彼の舌と絡める。

後ろにいるディーンとのキスは首をひねるから少し苦しい。けれど頑張って唇と舌で愛を訴える。

あなたが好きで好きでしかたなくて、どうにかなってしまいそうなほど愛していると。

ディーンもエヴァの積極的な舌使いに絆(ほだ)されたのか、舌の動きを速め、まるでエヴァ自身をねだるように口内をくまなく貪ってくる。

それは深くて甘い、情熱的な口づけ。

キスがもらえなくて泣きながらいじけていた心が慰められる。

「はぅ……うん、ぁふぅ……んっ、ふぁ……はぁっ」

窮屈な姿勢で長い濃厚な口づけを続けていたら、息が切れてキスを続けられなくなった。

頭がクッションに落ちて、その拍子に体が傾いて長椅子から落ちそうになって踏ん張る。力みは下腹部に伝わり、不意打ちで男根をギュッと締めつけた。

「ハッ……」

快感の直撃を受けてディーンが呻く。彼は精を絞り取ろうとする媚肉のざわめきに耐え、ゆるやかに律動を再開した。

やはり何もしゃべらないまま。

けれどもエヴァは前ほどつらいとは思わない。腰使いにいたわりを感じさせるせいかもしれない。

肉体とは現金なもので、心に負の感情がなくなれば体にも生気が戻ってくる。さらなる快楽を得ようと、活発に肉茎を扱き始める。

亀頭のくびれまで丁寧に膣襞で舐め上げれば、ディーンの規則正しい息遣いが乱れ、荒く熱くなっていく。彼はギチギチに締めつける肉襞を振り切るように、激しく腰を振り始めた。

「あぁんっ、はぁっ、あぁ、ううぅ……んっ、あっ、ああっ」

浅く深く、強く弱く、緩急をつけながらエヴァの啼きやすい箇所を集中して突き上げる。彼は言葉もなく妻を貪り、完全に妻に溺れ、余裕を削り落として自身を追い詰めていく。

エヴァもたちまち理性を飛ばし、快感の喘ぎ声を漏らすことしかできない。

一度達しているせいか、疼きが飽和するのも早かった。うねる波のような恍惚に飲み込まれる。

「あっ、あぁ！　はぁっ、んあぁ……っ！」

「ガァッ！　クソ……ッ」

ディーンが獣の咆哮（ほうこう）にも似た声を上げたのと同時に、硬い肉茎が大きく跳ね上がった。

お腹の奥に熱い感覚がじわじわと広がっていく。

——あ、もしかして、これ……

しばらくしてディーンが体を引き、ぐちゅっと卑猥な音を立てて陰茎が抜かれた。

「んっ……」

腰が砕けていたエヴァは体を支えられず、絨毯の上に座り込んでしまう。長椅子の座面に上体を預けて肩で息をしていると、何かが脚の付け根から逆流するのを感じた。

間違いなくディーンの子種だろう。……このままナカに留めたいと、出ていったら寂しいと思うのに、意識が急速にぼやけていく。

本気で泣いたせいか、激情が収まってくると眠気が襲ってくる。

ディーンが何かを告げたような気がしたのに、その声はエヴァに届かなかった。

第七章

今朝の食堂は異様な緊張感が漂っていた。使用人たちは鉄壁の無表情をたもってはいるが、空気が痛すぎてバクバクと心臓を跳ね上げている。

本日は公爵閣下が早朝から王城へ足を運んだため、女主人が一人で静かに食事中だ。これは大変珍しいことである。

公爵夫妻は仕事で生活時間がずれることも多いため、朝食はなるべく一緒に食べることにしていた。それに最近では夫人が寝台から出られないことも多く、そういう場合は食事を公爵夫妻の部屋へ持っていく。起き上がれない夫人に、公爵が手ずから食べさせるのだ。

つまり朝食の時間に二人が離れていることはない。

それなのに今朝は、まだ王族も起きていない時刻に公爵が屋敷を出てしまった。そこまで急ぐほど緊急の知らせは届いてなかったので、使用人一同は不思議に思っていた。

するといつもの時刻に食堂へ現れた夫人は、化粧で隠していても泣きはらしたと分かる顔をしていたのだ。

その表情は憂いに満ちており、食もまったく進んでない。ときどきため息をついては、誰もいない主人の席を切なそうに見つめている。

……夫婦喧嘩(げんか)をしたんだなぁ、と使用人たちも察してしまった。彼らは平静を装いながらも、困惑を隠せないでいる。

昨日まで当主夫妻は、真冬の寒気を吹き飛ばしそうなほど、熱烈にイチャイチャしていた。二人の周りだけ春を通りこして夏になっているようで。

それが今朝になったら、女主人の周囲が吹雪(ふぶ)いているのだ。

何があったのかと、使用人一同は無表情の下でハラハラしていた。

「……ごちそうさまでした」

ほとんど食事に手をつけないで夫人が席を立つ。今まで食べ物を残したことがない彼女にしては、これもまた大変珍しかった。

——もし奥様がやせ細ったら、旦那様にどれほど叱られるだろう。

彼らはまたもや別の意味でドキドキしていた。

周りの緊張感に気づかないエヴァは、重い体を引きずるように食堂を出る。その際、扉を開けたのは執事でなくブラッドだった。

「奥様、本日は俺が護衛につきますので、お出かけの際にはお声をかけてください」

「……ディーン様は」

「大丈夫です。閣下には部下を何人かつけていますので」

それならブラッドが護衛としてついていくべきではないか、と不思議だった。

自分の護衛は少し前まで、外出するたびに大仰なぐらいの人数が張りついていた。けれど王妃が転地療養してからは、騎士が一人つくぐらいに変わったのだ。ブラッドを動かすほどではないと思う。

けれどディーンについて聞くのが怖くて、頷くだけに留めた。

「そうですか……、では、よろしくお願いします」

エヴァが弱々しく微笑むと、ブラッドは歩きながら気まずそうに声をかけてくる。

「あのぅ、閣下と何かありましたか？」

「……私は、妻じゃないそうです」

「ええっ！」

「私がいつまでも臣下でいるから……ディーン様に寂しい思いをさせてしまいました……」

ブラッドが胸を撫で下ろし、「ああ、そういうことですか」と大きく息を吐いている。

「でもそれって当たり前じゃないですか？　奥様ってオーウェル一族の人間として教育を受けたんですよね？　それじゃあ急に王族と気安く接しろって、かなり難しいですよ」

「でも、ディーン様は、私に対等であることを望まれたから……」

「いやいや、俺だって閣下との付き合いは長いですけど、今日からタメ口で話せって言われたらビビりますよ。なんかの罠かなって」

その言い方にエヴァは小さく微笑む。

そう、彼は王家の血を引く尊い方なのだ。王族以外は誰も彼の隣に並び立つことなどできない。

――伴侶を除いて。

自分が隣に寄り添わねば、ディーンを永遠に一人にしてしまう。彼を慕う者は多いけれど、その人たちは決して同じ高みに上ることができないのだから。

ディーンは結婚してからというもの、どんな場面でもエヴァを置いていくことはなかった。エヴァは自然と彼より一歩下がって歩いてしまうから、ディーンは必ず妻を横に立たせ、エスコートしつつ歩調を合わせてくれた。

いつまでも〝臣下〟でいる妻に、彼は温かくて大きな手のひらを差し出し、常に引っ張り上げてくれるのだ。「ここにおいで」と、夫婦の位置にまで。

妻の意識が変わるのを根気よく待ち続けてくれた、優しい人。……なのに自分はそれに甘えて、彼から離れようとした。

彼の望みを叶えたいと思う前に、一人で結論を出す前に、なぜ相談しなかったのか。

エヴァはいつの間にか足を止めていた。景色がぼやけてよく見えないから、歩くことができない。

己の進むべき道が分からなくて。

あなたがそばにいてくれないと、こんなにも私は脆いのに。

……今になってやっと気づく。ディーンもまた妻がそばにいなければ、こんなふうに迷子になったような気持ちを抱くのだと。

「あああああの、奥様……」

視野の端で、ブラッドがものすごく慌てた声を漏らしている。何度か瞬きして涙を落とし、ハンカチで雫を吸い取ると、ようやく視界が明瞭になった。

「……お見苦しい姿をさらして、申し訳ありません……」

「あのっ、夫婦喧嘩なんて、よくあることなので、そこまで思い詰めなくても大丈夫ですよ」

エヴァがゆっくりとブラッドに視線を向けると、彼は「うぐっ」と奇妙な声を漏らした後、ものすごく言いにくそうに言葉を続けた。

「うちの両親は貴族にしては珍しく恋愛結婚して仲がいいんですけど、それでも喧嘩はしますし、母は怒りすぎると実家に帰ったりします」

「ご両親が……」

自分の親たちはめったに喧嘩をしなかったので、なんだか新鮮だった
「はい。母が実家に帰ると、父は母が欲しがった宝石と、巨大な花束を抱えて迎えにいくんです。きっと閣下も今頃、奥様のご機嫌を取るためになんかやってますよ」

エヴァは泣き笑いの表情になる。ディーンが妻のご機嫌を取るだなんて信じられないが、幸せな夫婦の話が心に沁みた。

エヴァが少しでも笑ったため、ブラッドの表情もホッとしたものに変わる。

「喧嘩したら謝ればいいんですよ」

「……ディーン様は、許してくれるでしょうか」

「それ以前に閣下は怒ってないと思いますよ。奥様にベタ惚れですから」

「本当……？」

縋るような気持ちで見上げると、ブラッドは再び言葉に詰まっている　最近、彼はこちらと目が合うたびに、顔を逸らしたり挙動不審になるから不思議だ。

以前のような敵意は向けられなくなったし、「奥様」と呼んでくれるようになったのに、どうしたのだろう。

「じっ、自信を、持ってください。その、閣下があれほど鼻の下を伸ばすなんて、初めて見ますから」

鼻の下を伸ばしていたことなんて、あっただろうか。ディーンを思い出してみるが、なかったように思うけれど……

ただ、ブラッドの慰めでも、ディーンが妻にベタ惚れだと聞けて嬉しかった。

そうであったらいいなと思って。


午後になって、ディーンから帰りが遅くなるとの連絡が入った。

エヴァはまだ彼と顔を合わせるのが気まずいため、その方がいいかもしれない、と後ろ向きな思考に囚(とら)われてしまう。

一人で食べる味気ない夕食を済ませ、早めに寝ることにした。

とはいえ悶々(もんもん)とした精神状況では眠れないだろうと考え、体を疲れさせることを思いついた。

ブラッドに騎士との模擬戦をお願いしてみる。

すると彼は口を開けて呆けたように固まった後、ものすごい勢いで首を左右に振って拒否されてしまった。

「勘弁してください！　後で閣下に知られたら俺の首が物理で飛びます！」

「知られなければいいのでは？」

ものすごく珍しいことにブラッドが涙目になった。

「ご容赦ください！　修練場にお連れすることも、部下を貸すこともできませんっ！」

体を直角に曲げて謝られてしまった。

……そんなに駄目なのかと少し落ち込んでしまう。

オーウェル一族だと、令嬢でも剣技と体術を教え込まれるのに、やはりそういう家は少ないようだ。

しかたなく部屋で剣の素振りと基礎筋力の強化をしておく。おかげで寝台に入るとすぐウトウトして、あっという間に意識が途切れた。


体が動いたような気がして、ふと夜中に目が覚める。

覚醒しきれていない意識でボーッと暗闇を見つめていたら、背後からディーンに抱き締められていることに気づいた。スプーンを重ねるように、自分の背中と彼の前面がぴったり密着している。

――温かい。

そう思った途端、涙が零れ落ちた。

ディーンと顔を合わせづらくて早々に寝入ったくせに、こうして歩み寄ってくれると、心から安堵する。

本当は寂しくて、彼にぎゅっと抱き締めてほしかった。

自分の体に巻きつくディーンのたくましい腕にそっと手を添えて、明日こそ必ず謝ろうと己に誓った。

だがしかし、翌朝になったらディーンの姿は消えていた。しかも再び王城へ向かったという。

夜には帰ってくるそうだが、おかげで気まずさは継続中だ。

迷いつつも再び先に眠り、夜中に彼が寝台へ入ってくるという繰り返しになった。しかも翌朝にはまたもや王城へ行ってしまう。

彼と口を利かない生活は二日で音を上げた。

三日目になるとエヴァは執務をしながら、「今夜こそディーン様の帰りを待ってみせるわ！」と決意する。

書類を猛然とさばいていたら、昼近くになってブルーノからエヴァ宛の手紙が届いた。

いわく、父親から借金返済の目処（めど）がついたと言われたそうだ。午後から出資者である商会の人間がやってくるとのこと。そのような旨い話などないと思うのに、父親は詳しいことを教えてくれないため、また騙されているのではないかと、慌ててこの手紙を書いてエヴァに送ったという。

自分では父親の話が詐欺かそうでないかは判断できないため、申し訳ないが出資者が来る前に、オーウェル侯爵邸に来てくれないか。と記されていた。

……確かにものすごくうさんくさい。というか黒だろう。現在のオーウェル侯爵家に出資しても、リターンは望めないと少し調べたら分かるだろうに。

もしかしたら出資と見せかけて、ブルーノに縁談を持ちかけるのかもしれない。叔父が弱っている今、大金を積まれたら靡（なび）いてしまう可能性がある。

どちらにしても、放っておいたら確実にまずい方向へ進みそうだ。無視はしにくいのでブラッドに相談してみた。

「叔父様を止められるとは思えませんが、とにかく行ってみようと思います」

彼はブルーノの手紙を読んで眉をひそめた。

「完全に詐欺ですよね。……ただ、あの坊ちゃんが奥様を屋敷に呼び出したのが奇妙です」

貴族は、己より爵位の高い貴族を呼び出したりなどしない。自分から足を運ぶものだ。

「え、でも、一応は実家ですから」

「一応、ですよね。先日のブルーノ坊ちゃんは、奥様の顔を見たら侯爵が荒れるって言ってましたから、奥様を実家へ呼びにくいのは分かっているでしょう」

言われてみればそうだなと、エヴァも不審を覚える。もう一度手紙を見れば、ひどく乱れた字に、ふと違和感を抱いた。

——あの子の筆跡じゃないような……？

一時期、ブルーノに勉強を教えていたので彼の字は知っている。もっと几帳面で角ばった筆跡だ。しかしこれだけ乱れていると判別がつかない。同じような気もする。

「……確かに奇妙ですが、ここでは判断ができません。やはり侯爵邸へ行きたいと思います」

渋い顔をするブラッドは、エヴァを止めないかわりに、このことをディーンに伝えると告げた。

伝書鳩に小さな手紙をくくりつけて王城へ飛ばす。早馬よりもずっと早く知らせが届くのだという。

その後、慌てて外出用のドレスに着替えたエヴァは、ブラッドと共にオーウェル侯爵邸へ向かった。

久しぶりに実家へ着いたエヴァは、馬車の窓から屋敷を見て息を呑む。

広い庭園は雑草が伸び放題で、建物の壁どころか窓にもツタがびっしりと繁殖していた。門衛さえ立っておらず、貴族が住んでいるとは思えない有り様になっている。

歴史ある名家とは思えないほどの凋落ぶりだ。

警戒するブラッドはエヴァを馬車から降ろさず、ノッカーを鳴らしてみる。

……誰も出てこない。

何度か強くノッカーを鳴らしていると、しばらく待ってようやく扉の向こう側から誰何の声が聞こえてきた。

「ラグロフト公爵家より参りました。公爵夫人のエヴァ・オーウェル・ラグロフト様が――」

ブラッドが言い終わる前に勢いよく扉が開いた。老いた執事が驚愕の表情を向けてくる。

このときエヴァが馬車から飛び降りたため、ブラッドが焦った声を上げた。

「奥様！　まだ危ないですって！」

「その方は大丈夫ですわ。――お久しぶりです、ボイデルさん」

執事のボイデルへ近づくと、彼はなんと膝から崩れ落ちた。

「エヴァお嬢様……！」

ボイデルは代々オーウェル侯爵家に仕える執事の家系で、エヴァの父親もお世話になっている。

そのため叔父がいない場ではエヴァのことも「お嬢様」と呼んで、オーウェル一族の令嬢として扱ってくれた。

そのボイデルは目に涙を浮かべ、右手で双眸を押さえている。……泣くほど会いたかったのだろうか。

「いったいどうしたの？」

「……お嬢様のご結婚で侯爵家が立ち直ったというのに、再びこの有り様になってしまい……お守りできず、申し訳ありません……」

「あなたのせいじゃないわ。当主の責任です。とりあえず中に入りましょう」

この屋敷は貴族街のど真ん中にあるため、エントランスで話し込んでいては他の貴族に見られるかもしれない。

「……はい。取り乱して申し訳ありません」

執事は素早く立ち上がってハンカチで雫を吸い取り、エヴァとブラッドを屋敷に中へ招き入れる。

玄関ホールに足を踏み入れたエヴァは、がらんどうの内部を認めて心が冷えた。

ここには歴代の当主が集めた絵画や芸術品などが飾られていたのに、すべて消えて廃墟のようになっているのだ。

売却したか、借金のカタとして持ち出されたのだろう。

「それでお嬢様、本日はどのようなご用件でしょうか？」

エヴァはブラッドと互いの目を見交わす。家政を取り仕切る執事が、来客予定を把握していないのはおかしい。

「……今日はブルーノからの連絡があって参りました。彼と会わせてください」

「ブルーノ坊ちゃまから？　もしかして旦那様に会いにきた連中のことで、お嬢様を頼ったのでしょうか」

いるようなものだ。

午後からではなかったのか。しかも執事が〝連中〟と表現するなんて、招かれざる客だと言っている

ブラッドが警戒心を最大まで高めたのが気配で分かる。エヴァも太ももにある短剣を意識した。

応接間に通されて執事が下がると、エヴァの背後に立つブラッドが低い声を漏らす。

「奥様、出されたお茶は飲まないでください」

「……執事はこの件に関わってないと思うのですが」

「俺もそう思いますが、奥様をおびき出した奴は屋敷にいるはずです」

エヴァは唇を引き結ぶ。

このとき軽やかな足音が近づいて、ノックされた後にブルーノが顔をのぞかせた。

「義姉上、お会いできて嬉しいです。本日はどのようなご用件でしょうか?」

笑顔の義弟に対し、エヴァは顔をこわばらせる。

「……あなたから手紙をもらってやって来たの」

「え！　僕は手紙なんて出していませんが……」

動揺するブルーノの視線が、エヴァとブラッドの顔を行き来する。

彼へ答える前に、エヴァは遠くから複数の足音が近づいてくるのを感じて立ち上がった。

ノックもなしに扉が開き、痩せて顔色の悪い叔父――オーウェル侯爵がズカズカと入ってくる。しかも彼の後ろには人相の悪い見知らぬ男たちまでいた。

ブラッドが素早くエヴァの前に立ちふさがる。

「父上！　その者たちを入れないでください！　ラグロフト公爵夫人がいらっしゃるのですよ！」

ブルーノが慌てて父親を止めようとに近づいたが、オーウェル侯爵は息子を殴り飛ばした。小さな細い体が床に転がってエヴァは悲鳴を上げる。

「ブルーノ！　――叔父様、なんてことを！」

「ふん。何が公爵夫人だ。元平民の下賤な女が笑わせる」

侯爵はやせ細っているのに目だけはギラギラと危ない光を浮かべ、エヴァを憎々しげに睨みつけた。

もちろんエヴァも負けじと睨（にら）み返す。

「叔父様がどう思われようとも、私は公爵夫人であなたよりも爵位が高いのです。貴族社会のしきたりぐらい分かっているでしょう」

「うるさい！　私はオーウェル侯爵だぞ！　平民女が生意気な口を利くな！」

「オーウェル侯爵とは剣を極めた武人であり、王家に仕える忠実な武官を指します。〝第一の忠臣〟としての誇りをお忘れですか」

侯爵が気味の悪い音を立てて歯ぎしりする。騎士にならなかった彼にとって、それはもっとも言われたくない言葉だった。

「貴様、殺してやる……っ！」

手に持ったステッキを振り上げて近づこうとするが、背後の男に止められた。

「おいおい、売りもんを傷をつけるなよ。商品価値が下がるだろうが」

どう見ても堅気の人間とは思えない男たちと、その下種なセリフで、エヴァを娼館に売り払おうとしているのを察した。

そこまで私を憎んでいたのかと、エヴァはショックと怒りから拳を握り締める。

「叔父様、娼館で働く女性たちは、きちんと雇用契約を結んでいるのです。本人の同意なしに働かせることは、法に反する行為なのですよ」

「はんっ、だからおまえは馬鹿なんだ。女の同意なんぞなくても働かせる店は山のようにある」

「つまりこの者たちは、法に背いた経営をしているということですね」

「だからなんだ。――おい、おまえら！　さっさとこの娘を連れていけ！　約束した金は置いていけよ！」

叔父が叫んだと同時に、ブラッドが無言で剣を引き抜く。

エヴァは目まいがしそうなほど怒りが湧き上がるのを感じた。

「……私に何かあったら、名誉を傷つけられたと、ラグロフト公爵が鉄槌を下しますよ」

「ハッ！　おまえを金で買った男が動くものか！　代わりの娼婦などいくらでもいるだろう！」

その言葉にブチ切れたのはブラッドだった。目にも止まらぬ速さでオーウェル侯爵に飛びかかり、左フックで殴り倒す。

残った男たちが怒りの雄叫びを上げて、一斉に剣を抜きブラッドへ飛びかかった。

四人を相手にして一歩も引かないブラッドだが、まずいことに連中は七人もいる。三人の男がエヴァへ近づいてくるため、エヴァもまた短剣を抜いて構えた。

――私が人質に取られたらチアーズ総長が殺される。窓から飛び降りて逃げるべきか、加勢するべきか。

相手はエヴァが短剣を出しても、虚勢だと侮っているのか、ニヤニヤと笑って距離を詰めてくる。

……これだけ油断しているなら倒せるかもしれない。

エヴァは戦うことを選択して腰を落とした。

このとき、遠くから断末魔の叫びが聞こえてきた。しかも複数の絶叫が、だんだんと近づいてくる。

数秒後、ものすごい勢いで血まみれの男が室内へ吹っ飛んできた。

エヴァもブラッドも男たちも、ガタイのいい大男が宙を舞う様子に目をみはる。

「お早いお着きで……」

ブラッドが顔を引きつらせて呟いたのと同時に、開け放たれた扉から、殺意の塊となったディーンが現れた。その手には血が滴る抜き身の剣がある。

彼は室内をぐるりと見回し、短剣を持ち呆然とするエヴァで視線を止める。それからブラッドへ向き直った。

「おまえはエヴァを守れ」

「閣下！　殺さんでください半殺しでお願いします！」

「無理だな」

言うが早いか、ならず者たちに斬りかかった。七人もの屈強な男たちは、あっという間に血飛沫(ちしぶき)を上げて床に崩れ落ちる。

——ディーン様、お父さんと同じぐらい強い……っ！

剣筋を見切れなかったのは父以来だ。

彼に護衛なんていらないのでは？　と呆けながら見つめていたら、足早に近づいてきたディーンに抱き締められる。

「怪我はないか？」

「はい……あの、助けていただき、ありがとうございます……」

「無事でよかった」

彼の声がほんの少し揺れている。

どれほど心配をかけたのかやっと理解して、申し訳なさとありがたさから、エヴァもまた彼を抱き締め返して広い背中を撫でる。

大切な人の心が落ち着くまで、ずっと。


静かに抱き合っていると、しばらくして土気色の顔の執事が半泣き状態でやってきた。

「お嬢様、これは、いったい……」

「あー、執事さん。ちょうどいいところに」

ブラッドは気を失ったブルーノを長椅子に寝かせてから、賊を捕らえるためのロープを持ってくるよう頼む。

執事は嘔吐きながらも、廊下に転がっている死体をよけてロープを持ってきた。

するとブラッドが、主人であるオーウェル侯爵を縛り上げたため悲鳴を上げる。

「お待ちくださいっ、なぜ旦那様を……！」

「この人、ラグロフト公爵夫人を娼館に売り飛ばそうとしたので――」

「――なんだと」

ディーンから、恐ろしいほど凄み（すご）を利かせた低い声が放たれた。

いまだに抱き合って彼の背を撫でていたエヴァは、突然、地獄から悪魔が這い（は）出てきたかのようなイメージを覚え、背筋を粟立たせてしまう。

ディーンは妻を、横たわっているブルーノの隣に座らせてから、転がっているオーウェル侯爵に近づいた。感情のこもらない冷酷な瞳で見下す。

「ブラッド、説明しろ」

「……はい」

エヴァを偽手紙でおびき寄せたところから、ディーンが来るまでのことを、かくかくしかじかと報告する。

すべて聞き終わったディーンは、無言で剣と殺意を侯爵へ向けた。

「待ってください！　賊はともかく高位貴族を殺したら閣下でもまずいです！」

「私がここに来たとき、この外道が刃物を持って斬りつけてきた。なので正当防衛だ」

「へっ？　刃物、持ってないんですけど……」

「ナイフでも握らせておけ」

「いやいや、ほんと待って……あ！　奥様の意見も聞いてみましょうよ！　叔父さんですし！」

ディーンの視線がエヴァに向けられる。彼は妻と目が合った途端、にこりと優しい微笑を浮かべた。

ここ数日、ディーンと満足に話せなかったエヴァは、たったそれだけで頬を染めて胸を高鳴らせてしまう。

「可愛いエヴァ。君の叔父上は刃物を持っていたよな」

「はいっ、持っていたような気がします」

「奥様ぁ！　なんでそうなるんですか！　ちょっ、閣下お願い待って……！」

このとき騒ぎがうるさかったのか、オーウェル侯爵が目を覚ました。

彼はぼんやりと周りを見回し、血溜まりに転がる複数の死体と、射殺しそうな視線で見下ろすディーンを認め、悲鳴を上げた。

「ぎゃあああっ！　いだだだだだだっ！」

彼はブラッドの左フックが決まったため、歯が何本か折れている。痛みで七転八倒するその姿は、ロープで縛られているのもあって芋虫のようだ。

エヴァはブルーノにこの光景を見せたくないので、彼を起こさないよう両耳を手で塞いでおく。

芋虫状態の侯爵を冷めた目で見下ろしていたディーンは、彼の背中を踏みつけて動きを止めると、首元に剣先を突きつけた。

「おい、クズ野郎」

……元王子様でも、そういう言葉を使うんだ。と、エヴァはこんなときでありながら少し感心した。

「今ここで選べ。領地を返還して爵位のみの無収入になるか、息子を廃嫡して今すぐ隠居し、ある程度の生活を保障されるか」

——えっ、なんですかそれ。どうしてブルーノを廃嫡に？

エヴァは腰を浮かせてしまったが、それでもディーンが交渉を始めたと察したので、邪魔にならないよう口を真一文字に引き結ぶ。

「なぜ、息子を、廃嫡に……」

「私の妻にオーウェル侯爵家のすべてを継がせるんだよ」

エヴァはオーウェル侯爵の姪で、現在は正式な養女になっている。つまり正統な爵位継承権を持っているのだ。

この国は長男にすべてを相続させるが、男子がいなければ跡取り娘が婿を取って、夫を当主に据えることができる。

「素直に従えば、おまえに一定の生活費を送ってやる。どうせこの土地と屋敷も担保に入ってるんだろ？　住むための家も用意してやろう。——どうだ？　野垂れ死ぬしかないクズにはありがたい申し出だろう？」

「認められるかあぁっ！　いだだだだっ！　あがあぁぁっ！」

大口を開けるたびに歯が折れた痛みがぶり返し、悶えている。しかも派手に動けば、首筋に押し当てられている剣で皮膚を切り、さらにのたうって自滅している。

ディーンは薄ら笑いを浮かべ、侯爵を踏みつぶしている脚に力を込めた。

「別に断ってもいいんだぞ。私は陛下から国境紛争での褒賞をまだいただいてないから、オーウェル侯爵領が返還されたらそれを望むつもりだ」

「なっ、そんな……！」

「どっちにしろ侯爵領は私のものになる。そして私のものは、一心同体である妻のものだ。すなわちオーウェル侯爵領はエヴァのものになる」

——でもそれだと、爵位と領地が切り離されますよね。

エヴァはそう思ったが、叔父を追い詰めている最中だと分かっていたので、やはり何も言わずに大人しくしていた。

侯爵は目を見開き、ガクガクと全身を震わせている。

「いっ、いやだ……それだけは……」

「すでに陛下や王城関係者には根回し済みだ。この決定が覆ることはない。おまえは無収入で住む家もなくして野垂れ死ぬか、隠居してある程度の生活を保障されるか、すでにこの二択しか未来はない」

エヴァはここで、ディーンが連日、朝早くから王城に出向いていたのは、これのためだったのかと気がついた。

ユリストン王国では、貴族の当主が生前に爵位と財産を子どもへ渡し、隠居することが可能だ。

それというのも爵位が終身だった頃、九十歳以上も生きた公爵が、晩年に息子と孫に先立たれて継承者を失い、本人も耄碌して遺言を残すことができず、泥沼の相続争いが起きたからだ。

公爵位と莫大な財産を巡って、親族間で殺し合いにまで発展したため、それ以降、当主が高齢になる前に隠居を許す法律ができたのだ。

このとき嘲笑（ちょうしょう）を浮かべるディーンが、剣の平面部分で侯爵の頬をピタピタと叩く。

「個人的には野垂れ死んでほしいところだな。死体は私が片づけてやろう。こま切れにして家畜のエサ行きだ。感謝しろ」

――ディーン様、容赦ない。

敵と見なした者に冷酷なのは知っていたが、それでも肝が冷えて脂汗が滲（にじ）み出（で）てくる。

これほど悪役が似合う美男子もいないのではないか。ブルーノが気絶していてよかった……。

さすがに侯爵はショックが強すぎたのか、燃え尽きて死んだ魚のような目になっている。しかも口の端から、泡なのかヨダレなのか分からない体液を垂らしていた。

「嫌だ……死にたくない……」

「では今ここで息子を廃嫡し、おまえには隠居してもらう」

侯爵が弱々しく頷いたため、ディーンはブラッドに視線を向けた。

「相続を担当する上級官吏を呼べ。正式な手続きをする」

「御意（ぎょい）」

頷いたブラッドが執事に向き直る。

「話し合いができる部屋を用意してください」

「はっ、はいぃ……！」

ブラッドと執事が応接間から出ていくと、ディーンは再びオーウェル侯爵を見下ろした。

「言い忘れていた。今日からブルーノは私が引き取るからな。養子縁組の証書にもサインしろ」

「……なぜ、息子を……」

「私とエヴァの養子になれば、将来的にオーウェル侯爵位と領地を継ぐことができるだろう？」

エヴァは声を上げそうになって、慌てて両手で口を押えた。

これでオーウェル侯爵家は領地を返還せず、建国からの歴史を途絶えさせることもなく、エヴァが爵位を継承した後はブルーノに返せるのだ。

まるで魔法のようにすべてが丸く収まったため、これは夢ではないかと放心してしまう。

侯爵も心なしか目に光が戻った。

「息子に……爵位が……」

ブルーノが気絶するほどの暴力を振るったわりには、ちゃんと愛情があるようでエヴァは少し安心した。

ここでブラッドが戻ってきた。

オーウェル侯爵の執務室に移動すると聞いたディーンは、視線を妻に向ける。

「――エヴァ」

「あっ、はい！」

「ここは血生臭い。ブルーノを連れて公爵邸へ戻りなさい」

「……ディーン様は、帰ってきてくださいますか」

ディーンが宙を睨んだ。

「当主の隠居手続きはそこそこ時間がかかるんだ。あと、この状況を陛下に弁明する必要がある。たぶん遅くなると思うから、先に休んでいなさい」

エヴァは血みどろの部屋を見回して納得する。元王子が高位貴族の屋敷でこれほどの流血沙汰を起こせば、国王陛下は心配するだろう。

「かしこまりました。お帰りをお待ちしております」

このとき妻の不安そうな表情を認めたディーンが、エヴァを抱き締めると額に口づけた。

エヴァもまた彼に口づけ、名残惜しくも大人しく帰宅する。自分が残っていても、役に立たないと分かっているから。

ディーンは国境紛争の褒賞として、国王へオーウェル侯爵領を望んでいた。

国王もオーウェル侯爵家の現状を踏まえて了承し、その調整を進めているところだった。

それなのに突如、オーウェル侯爵の隠居とオーウェル侯爵令息の廃嫡によって、ラグロフト公爵夫人が侯爵位を継承し、夫のディーンが侯爵領どころか爵位まで手に入れたのだ。

ユリストン王国では既婚女性が爵位を継いだら、夫君がそれを預かることになる。つまりオーウェル侯爵位は、ラグロフト公爵家の従属爵位になった。

しかもオーウェル侯爵が隠居した日、ディーンは侯爵邸で流血沙汰まで起こしている。まるで彼が侯爵を脅し、爵位と財産を奪ったように見えた。

まあ、その通りであるが。

国王は驚きと混乱のあまり、慌ててディーンを王城に呼びつけた。

真相を白状したディーンは父王からしこたま怒られ、客室に軟禁されてしまう。

その日のうちに帰宅することは叶わなかった。


……との説明と、帰宅できないことへの謝罪の手紙を受け取ったエヴァは、従僕に夫の着替えを持たせて王城へ向かわせた。

——ごめんなさいディーン様。これほど大事になるなんて……いや、当たり前か。

没落寸前とはいえ、オーウェル侯爵家は歴史ある名門貴族なのだ。あれほどの名家が従属爵位になるなど、ちょっとありえない。

自分も王城へ呼び出されるかと覚悟していたが、ディーンが止めたのか、それはなかった。

なのでエヴァは当主に代わって執務に集中する。冬の農閑期は人夫が集まりやすいため、領地では大規模な治水工事が始まっているのだ。

決めることは山のようにあった。

◇　◇　◇

ディーンが王城から下がることができたのは、三日後の昼をだいぶ過ぎた時刻だった。その頃には精神疲労でさすがにぐったりしていた。

二日間、主人に付き従ったブラッドも疲労の色が濃い。

そこでディーンは馬車に乗る際に同乗するよう命じると、ブラッドは遠慮なく箱の中に入って背もたれに全身を預けた。

「長かったですねぇ……まさか軟禁されるとは思いもしませんでした……」

「そうだな。父上があそこまで怒るとは想定外だった」

ディーンは国王が激昂（げっこう）する様子を思い出して、ため息を漏らした。

『おまえがオーウェル侯爵位を手に入れたとはどういうことだ⁉　王族が〝第一の忠臣〟になってどうするんだ！』

『私はもう王族ではありませんし、正確には妻がオーウェル侯爵位を継いだので、その尊称は妻へ与えてください』

『屁理屈（へりくつ）を言うなッ！　我が国では女性が爵位を名乗ることなどできんだろうが！』

『では養子にしたオーウェル侯爵子息か、いずれ生まれてくる私の子どもに与えるとします』

『子どもは作らないと言っていたではないか⁉』

『気が変わりました。今は妻を心から愛しています』

『なんという変わり身の早さだ……いや、その方がレイフの娘も幸せになるだろう……』

頭を抱えた国王だったが、すぐに顔を上げて眦（まなじり）を吊り上げた。

『もう爵位は仕方がない。だがな！　貴族の屋敷で剣を抜き、当主を殴るなど許されざることだぞ！』

「いえ、あれは部下が殴り倒したので私じゃないです」

『なぜ殴られる事態になっているんだ⁉　というか侯爵邸にいた賊とは何者なのだ⁉　洗いざらい吐くまで下城（げじょう）させせんからな！』

オーウェル侯爵家が父王にとって、あれほど思い入れのある家門だとは思わなかった。おそらく王太子時代に、エヴァの父親が近衛騎士であったことが原因だろう。

ディーンがエヴァの忠誠に心を打たれたのと同様に、父王もまたレイフの献身を忘れてはいなかったということか。

だからこそ平民であったエヴァとの婚姻が許されたと、今さらながら気づいた。

つらつらとそのようなことを考えていたら、ブラッドが恨みがましげな視線を向けてくる。

「閣下が侯爵邸であそこまで死人を出さなきゃ、もっと早く帰れたでしょうに……」

「エヴァを傷つけようとする者など、生かしておくに値（あたい）しない」

「じゃあ俺も死んだ方がいいんですかねぇ……」

ははは、とブラッドは窓を見ながら乾いた笑みを浮かべている。エヴァへ、あからさまに敵意を向けていたことを思い出している様子だった。

ディーンが妻と本物の夫婦になり、心から愛し合っている様子を目の当たりにして、さすがにブラッドも意識を改めている。

彼は何かの折に、『閣下がこれほど幸せそうにしているのを、初めて見ましたから……』と零していた。

主人を幸福にする存在は、仕える者にとっても大切だ。

しかし態度を改めたとしても、エヴァを蛇蝎のごとく嫌っていた過去は消えない。

後悔を滲ませる部下の様子に、ディーンは唇の端を吊り上げて皮肉そうに笑う。

「おまえ、最近エヴァに見惚れているだろ？」

ギクッ、とブラッドが大仰に体を揺らす。だがすぐさま苦虫を噛み潰したような顔になった。

「言っておきますけど、美人を見れば男は反応します。それだけです」

「ハッ！　エヴァを排除しようとしていた奴がそれを言うか」

「閣下が悪いんですよ！　奥様がところかまわず色気を振りまくようになったから、ものすごく目のやり場に困るんです！」

「エヴァが色っぽくなったのは私のためだ。私以外は見る必要はない。目を潰しておけ」

「閣下ひどい！」

ぎゃあぎゃあと喚く部下をディーンは鼻で笑う。

好きと嫌いなんて紙一重の感情だ。無関心ならともかく、気に食わないと意識し続けている相手が、急に美しく魅力的に見えてしまったら、好悪などたやすく引っくり返るだろう。

おまけに常にそばにいて、エヴァという名の花の蕾が、艶やかに開花する様子を見守ってきたのだ。

人間は意外性や落差に弱いのだから、簡単に心が囚われたはず。

だからといってエヴァを奪おうなんて微塵も思わないところが、ブラッドのいいところではあるが。

「おまえ、被虐趣味があるだろ」

「なんでいきなりその話題に⁉」

「自分で自分を追い込んでいるから」

くだらないことを言い合って揺られていると、ラグロフト公爵邸に着いた。

玄関ホールで執事に外套を渡していたら、侍女が主人の帰宅を知らせたのか、エヴァが吹き抜けとなる二階部分から姿を現した。

彼女はパッと表情を明るくして、ものすごい早さで、あくまで優雅に大階段を下りてくる。

「あいかわらず早いですねぇ……」

背後にいるブラッドが困惑の呟きを漏らした。

エヴァは体幹が安定しているせいか、上半身がまったくブレることなく、階段を一段飛ばしで下りることができる。それはスーッと水が流れるような動きなのに、普通の倍以上の速さなのだ。

初めて見たとき、板に乗って滑り下りているのかと二度見した。

一度ブラッドが試してみたところ、どうやってもドスドスと体が上下に揺れて、優雅さのかけらもなかった。

使用人の中にも挑戦した者がおり、階段から転がり落ちた者が出たため、それ以降は一段飛ばしを禁止している。

「ディーン様！　お帰りなさいませ！」

「ああ、ただいま」

彼女の全身から、「帰ってきてくれて嬉しい！」との気持ちがあふれ出ている。

貴族は感情を他人に読ませない教育を受けるし、エヴァも結婚した当初は常に淑女の微笑みを浮かべていたが、初夜をやり直してからというもの、表情がくるくるとよく変わる。

もちろん今の方がずっといい。

可愛い妻をギュッと抱き締めれば、心が癒(いや)されていくのを感じる。

「お疲れではありませんか？」

「疲れたから君のそばにいたい」

妻の頭頂部へ口づけると、エヴァは嬉しそうに頬を染める。さらに可愛くて頭から食べてしまいたくなる。

彼女の腰を抱き寄せ、公爵夫妻の部屋へ向かうことにした。

……しかし、なんとなく自分たちを見送る使用人たちの表情が、「仲直りしたんですね！　良かったですね！」と言ってるようで面映(おもは)ゆい。

上級使用人は王城にいた頃からの人間を連れてきており、自分の子ども時代を知っている者がほとんどなので、視線が親のそれなのだ。

居心地が悪い……。

部屋でお茶を淹れた侍女が下がり二人きりになると、ようやく周りからの目が消えて落ち着いた。

エヴァを膝の上に乗せて抱き締める。

彼女がこちらの頭部をよしよしと撫でてくれた。

「だいぶ長く拘束されていましたね。お疲れ様です」

「まさかここまで時間がかかるとは思わなかったよ。留守の間、問題はなかったか？」

「はい、特には。ただブルーノですが、怪我はたいしたものではないものの、父親に殴られたことがショックで寝込んでいます」

「精神的なものはしばらく見守るしかないな。父親と切り離したから、心穏やかに暮らしていればいつかは立ち直るだろう」

ブルーノはすでにラグロフト公爵夫妻の養子になっている。オーウェル侯爵が養子縁組の証書にサインしたのだ。

これで親権がディーンとエヴァに移るため、実父といえどもブルーノに対する監護養育、財産管理など、子どもに関する権利を行使できない。

ユリストン王国の法律では、養子縁組をすると、子と実親の縁が切れるのだ。

ブルーノのことは追い追い決めていけばいいな、と判断したディーンは話を変えた。

「エヴァ、まずは謝らなくてはいけない」

「えっ、なんでしょうか？」

「オーウェル侯爵だけど、君を娼館へ売り飛ばそうとした罪は問えなくなった」

あのクソ野郎など、本気で処刑になればいいと願っていた。が、借金苦で義娘を不法に売ろうとしたことが公になれば、間違いなく家名に傷がつく。

国王は侯爵を助けたいわけではないが、〝第一の忠臣〟の名誉を守りたい。そのためエヴァが無傷なことを理由に、オーウェル侯爵の罪は隠されることになった。

とはいえ人身売買といえる犯罪行為をもくろんだのだ。無罪放免にすることはできず、隠居後はオーウェル一族の墓守（はかもり）を命じられた。

オーウェル侯爵領の片隅にある墓地は、周りに森と草原しかなく、近くの村へは馬車で数時間かかる。そのような墓地で暮らすことは、陸の孤島へ幽閉されたのと同じだ。

それがオーウェル侯爵への罰だった。

ディーンとしては生ぬるい処罰だが、国王の決定には誰も逆らえない。受け入れるしかなかった。

エヴァは特に気にしていないようで、笑顔で頷いている。

「かしこまりました。叔父様を断罪するとブルーノが苦しむと思うので、陛下の英断に感謝いたしますわ」

「すまない」

「いいえ、ディーン様が謝ることではありません。でもそうなると、賊たちを斬り捨てた原因がなくなってしまうのでは？」

「ああ。陛下は私が侯爵邸で暴れ回ったことも秘匿（ひとく）したいと言われた。そのため連中を斬ったのは私の護衛ということになっている」

妻を守るためとはいえ、全員殺してしまったので、過剰防衛に問われる恐れがある。それに貴族街にある屋敷で刃傷（にんじょう）沙汰を起こすなど、大変不名誉なことだ。

以上を踏まえて、たまたま侯爵邸に侵入した賊は、ちょうど居合わせたディーンの護衛たちが倒したことになった。

「……無理がありませんか？」

「あるな。でも陛下が決めた以上、それで通るだろう」

ディーンの話を聞いた王太子も頭を抱えたが、悪いようにはしないと辻褄を合わせてくれた。その代わり、違法の娼館経営をしている犯罪集団の検挙に協力しろ、と命じられた。

エヴァがしょぼんと肩を落とす。

「……申し訳ありません。私のために、ディーン様の仕事を増やしてしまって……」

その言い方にムッとしたので、エヴァの両頬を指でつまんでおく。

「なにひゅるんですかぁっ」

「私が言ったことをもう忘れたのか？　君の問題は私の問題でもあると」

まあ、忘れたわけではないだろう。申し訳ないと思っているだけで。

ただ自分は、その感情さえいらないのだ。

エヴァが視線を伏せたため、つまんだ頬を左右にムニッと引っ張ってみた。

「いひゃっ、いひゃいですっ」

「よく伸びるな。それに可愛い」

「ひゃわいくない～！」

いや、本当に可愛い。べそべそと涙声で訴えるところなんか、見ているとますますいじめたくなる。

とはいえこれ以上続けたら頬が伸びると思ったので、すぐに手を離したが
エヴァが痺れている頬を両手で包む姿はリスみたいで、その姿さえ愛らしい。もう何をしても自分

は彼女に夢中で、心が囚われているのだと、すでに分かっていたことを改めて認識する。

もし彼女を喪ったら、自分は間違いなく後を追うだろう。

そして己が先に死ぬときは、彼女を道連れにするかもしれない。

「……子どもが欲しいな」

「えっ、急にどうしたんですか⁉」

それには答えず、曖昧に微笑んでおいた。

彼女と同じぐらい愛する存在がいれば、この重たい愛も分散して、これほどの狂気を抱かずに済むかもしれない。……共に死にたいからと、彼女を殺すような外道に堕ちずに済むかもしれない。

自分が妻を斬り捨てる想像をすれば、心が凍りつくような気持ちになる。それでも暗い欲望が収まらない。

この感情を消したくてエヴァを抱き締めた。

「今すぐ意識を変えろとは言わない。だがいつか私への遠慮など捨ててほしい」

「ああ、それを言いたかったんですね……はい、努力します」

「いずれは私の名前に様をつけないで呼んでほしい。敬語もいらない」

元王子を呼び捨てに、しかも敬語抜きで話せなんて、たぶん彼女にはできないだろう。

それを思うと妻との間に越えられない壁を感じて、腹の底から怒りにも似たやるせなさが湧き上がってくる。

このときエヴァが耳元で囁いてきた。

「ディーン……」

あまりにもか細い声だったので、呼び捨てにしてくれたと気づくのに数秒かかった。彼女の体を離して顔を見れば、慌てて視線を逸らすエヴァは首筋まで赤くなっている。

「わっ、私だって、あなたがそれを望むなら、受け入れたいと思っているんです……」

モジモジと指先をくっつけて照れる姿があまりにもいじらしく、激しくときめいて肢体を思いっきり抱き締めた。

「ぐえっ」

エヴァが変な声を漏らしている。申し訳ないと思いつつも、高揚感で腕から力が抜けなかった。

「君が無事でよかった……伝書鳩からの手紙で侯爵邸に行くとあったから、絶対によくない事が起きると思って、ブラッドがいても君の身が心配で追ったが、間に合ってよかった」

「ありがとうございます……私もまさかディーン様が王城で、オーウェル侯爵領を手に入れるために奔走しているとは思いませんでした」

「君につらく当たってしまったから、機嫌を取るにはどうしたらいいかと考えたんだ」

そこでエヴァが両手で顔を隠し、「本当だった……！」と呟いている。

「ん？　何が？」

「あなたのことでチアーズ総長と話していたとき、『奥様のご機嫌を取るためになんかやってますよ』とおっしゃったから……」

小さく噴き出してしまう。

「あいつ、私のことをよく分かってるんだよな」

頷いたエヴァが顔から両手を外し、少しためらいながら口を開く。

「あの、喧嘩したとき……あなたは私のことをどこまでも臣下だと、だからあなたの思考を先読みして動くとおっしゃいましたが……、私は、それは、愛情からだと思っています」

エヴァが潤んだ瞳で見つめてくる。レイフと同じアクアマリンの瞳で。

この瞳はオーウェル侯爵家の血筋によく現れる、初代侯爵の瞳だという。そのことを教えてくれたのは父王だった。

まだユリストン王国などなかった混沌（こんとん）の時代、己の一族も王家になる前の頃、一番初めに忠誠を誓ってくれた者の瞳だ。

その瞳が潤んでいる。

「あなたのことが好きで頭から離れないから、あなたのことばかり考えてしまうんです……」

「……私も、君のことばかり考えている」

愛する人が愛を返してくれる幸福に、大声で叫びたいような、たまらない気持ちになる。

エヴァにゆっくりと顔を近づけ、柔らかな唇へ口づけた。優しいキスを繰り返し、そっと彼女の薄い腹部を撫でる。

すでに一度、この腹に子種を蒔（ま）いている。もしかしたらもう芽吹いているかもしれない。

――そうでないなら、芽吹かせたい。

そう思った瞬間、唇を割って舌をねじ込んでいた。彼女の口内を隅々まで味わい、わざと音を立てながら舌を絡める。

だんだんと舌使いに熱が入って、キスが止まらなくなった。

「ん……ふぅ……っ」

息継ぎの合間に漏れる、エヴァの喘ぎ声に艶が混じってくる。惚れた女が己の腕の中で発情していることに、興奮して頭がおかしくなりそうだ。

このうえなく甘く優しく蕩けさせて、壊れるほど激しく貪りたい。そんな相反する衝動がこみ上げてくる。

キスをしながら彼女のスカートをめくり上げ、太ももにある短剣をさらせば、侯爵邸に乗り込んだときのことを思い出す。

ドレス姿で短剣を構える彼女は、美しいうえに勇ましくて惚れ惚れした。こんなにも矛盾する愛しい存在が他にいるだろうか。

ディーンは剣を鞘から抜き取った。

「はぅ……危ないから、駄目……」

唇を二人分の体液で濡らしたエヴァが、両手でこちらの頬を包んで叱るように見つめてくる。蕩けた眼差しがいやらしくて色っぽくて、咎めているのに誘っているようで、ドキドキする。

うっとりと彼女の首に短剣の腹を当てる。

「もう……」

しかたないなぁと苦笑する彼女にときめいた。

こんな危ないことを笑って許してくれる人など、やはり彼女しかいない。自分は得がたい人を妻にしたのだと、神に感謝したくなる。

――いや、感謝すべきは君だ。

そう思いながらエヴァの瞳を見つめていたら、彼女が静かに短剣を奪い、手首の力を利かせてそれを投げた。

タンッ、といい音を立てて、短剣が扉の中央にある装飾部分に突き刺さる。……ちょっと正気に戻った。

「見事だな」

「こんなときに、危ないことをしちゃ駄目です……」

甘えるような声で抱きついてくる。どうやら目を移さないでと、自分だけを見ていてと不満らしい。

可愛らしい甘え方に胸が弾む。

「それはすまなかった。詫びをさせてくれ」

膝の上にいる妻を抱き上げて寝所へ向かう。

とろんとした表情のエヴァだったが、すぐさま我に返り、カッと目を見開いた。

「えっ、あのっ、今は……」

彼女の視線が窓へ向かう。真冬は日が沈む時刻が早いものの、まだ外は明るい。睦み合うには早いと言いたいのだろう。

あんな色っぽくてかわいらしい姿で甘えられたら、男を煽(あお)るだけなのに。

ディーンは妻の額にキスをして、甘い誘惑の声で囁いた。

「ここしばらく君に触れていない。寂しくて仕方ないんだ」

「うう……、執務で報告したいことがあるのに……」

「後にしてくれ。まずは私の腕の中で思いっきり啼いてほしい」

「そういうこと、言わないで……」

こちらの首筋に紅潮する顔を埋めて隠してしまった。熱い吐息が肌に触れてくすぐったいのと、彼女の体温が上がっているのを感じ取って、期待感が高まる。

靴を放り投げて寝台に彼女を下ろし、服を脱がせていく。ところどころにある外しにくいボタンは、もう引きちぎることにした。

「ああ、もったいない……」

「新しく買えばいい。焦っているんだ」

エヴァのドレスを脱がして下着姿にすると、彼女の手を取ってこちらの股間に導く。

すでに大きく盛り上がっているのを感じたエヴァが、ピクッと手を震わせた。それでも逃げずに膨らみをおずおずと撫でてくれる。

エヴァが生娘なのは当然だったが、さらに両親を亡くしたせいで閨教育を受けておらず、性の知識が極端に少なかった。

それは男にとっても好都合なので、初夜をやり直してからというもの、恥ずかしがる彼女に一から十まで教え込んだ。

エヴァは実に優秀な生徒だ。教えたことをきっちり覚えて、どうすれば夫が悦ぶか実践してくれるから、とても教えがいがある。

愛する女性を自分の色に染める行為が、こんなにも愉しいとは思わなかった。

ディーンが愉悦の笑みを浮かべて妻を眺めると、彼女は膨らみをさすりながら上目遣いで見上げてくる。

その表情は、恥ずかしいからもう手を引きたいと訴えていた。眼差しにも、そろそろ許してほしいとの希望が含まれている。

そんな目で見られたら、よけいに嗜虐心が高まってしまうのに。

「そのまま触っていてくれ。気持ちいい」

彼女の耳元で囁けば、真っ赤になって、たどたどしい手つきで上下にさすってくる。

それだけでいっぱいいっぱいになっている妻が実に可愛い。見ているだけで精を放出しそうだ。

ディーンは愛妻の恥じ入る姿を観賞しつつ、フロックコートやウエストコートなどを脱いでいく。

上半身を裸にして、わざと甘い声で妻にねだる。

「下、脱がせてくれる？」

「は、い……」

頷いたものの、エヴァの瞳がきょろきょろと落ち着きなく揺れている。思いっきり動揺しているのが丸分かりだ。

普段、執務をしているときや使用人の前で〝奥様〟になっているときの、背筋を伸ばして凛とする姿とは全然違う。

まだ夫婦の秘め事に慣れていない初心（うぶ）な様子に、ディーンは心が熱くなるのを感じた。

——日常でこの姿を思い浮かべたら勃ちそうだ。

そんな卑猥なことを考えつつ腰を浮かせると、彼女が下着ごとスラックスを引き下ろす。

解放された陽根が、ビンッと音がたちそうな勢いで跳ね上がった。すでに滲んでいた先走りが数滴飛び散る。

男の興奮を目の当たりにしたエヴァが硬直した。

その隙にディーンは、エヴァのコルセットや下着を脱がせて全裸にする。されるがままの彼女はそっと視線を逸らし、あらぬ方向を見ていた。

「まだ恥ずかしい？　これで何度も君を悦ばせているのに」

「そう、ですけど……」

「今日は君が私を悦ばせてくれないか？」

再び彼女の手を取って屹立に触れさせる。

エヴァはためらいながらも両手で陰茎を握り、そっと上下にしごき始めた。そして上体を倒し、おそるおそる先端に口づける。

そのまま視線を持ち上げてディーンを上目遣いで見上げた。この先に進んでいいかと視線で聞いているのだ。

……それは分かっているが、ディーンはその視覚的破壊力に、本気で暴発しそうだった。

最愛の妻が顔を赤く染めて瞳を潤ませ、ちょっと気後れを感じさせるのに手は離さず、しかも亀頭が可憐な唇に触れている。

清らかな存在を穢（けが）そうとする構図に、ディーンはこれでもかと欲情した。ぴくぴくと剛直が震え、彼女の唇を叩いて先走りが垂れる。

エヴァはその刺激を了承だととらえたのか、赤い舌を伸ばして垂れ落ちる雫をすくい取った。そして根元から先端まで何度も往復しては全体を舐め上げる。

特に亀頭のくびれ部分が弱いことも覚えているようで、段差の辺りは丹念に舌で刺激している。顔を傾けて舌の腹をぴったりと肉竿に貼りつけ、まんべんなく奉仕する。

もちろん両手で肉茎をしごくことも忘れない。

「はぁ……気持ちいぃ……」

意図せず、恍惚を滲ませる声が漏れた。

このときエヴァが口淫をしながら視線を持ち上げる。

ディーンは、自分の分身を舐める愛妻と、その肉竿越しに目が合った。

この瞬間、一気に昂って血流が局部に集まっていくのを感じる。陽根がさらに膨らんでいく。

「あ……おっきぃ……」

思わずといった口調でエヴァが呟くから、ディーンは眉根を寄せて天を仰ぐ。

彼女は無自覚でこちらを煽ってくるので、本当にたちが悪い。もっとしゃぶらせて、彼女の喉に精液をぶちまけたいと思っていたのに。

「……エヴァ、私に乗ってくれ」

彼女の両脇に手を差し入れて持ち上げ、自分の上に乗せると二人して寝転んだ。

いつも夫婦の夜は、自分が満足するまで好きなだけ彼女を蹂躙しているから、エヴァは能動的に動く経験が少ない。

だから戸惑っているけれど、それでも拒否することはなく体を起こし、こちらの腰を跨いで膝立ちになった。

「いい光景だな……」

脚を開いたせいで、彼女の秘部から蜜が糸になって垂れ落ちている。男を欲して肉体を整える女の姿がいじらしい。よけいに昂ってくる。

「あ、やだ、見ないで……」

逃げようと腰をひねるから、彼女のむっちりとした太ももをつかんで固定しておく。

「見たいじゃないか。私を舐めながら濡らす、いやらしい奥様の姿を」

エヴァが、耐えられないといった様子で顔を両手で隠している。

よく彼女は顔を隠すが、そんなことをしても恥ずかしい部分は隠せないのに不思議だ。

まあ、ちょうどいいので蜜口をまさぐっておく。肉びらをかき分けて浅瀬をくちゅくちゅとかき混ぜると、さらに蜜が垂れ落ちてきた。

何度貫いても狭い膣道に、指を一本、沈めてみる。すでにナカは熱く蕩けており、柔らかな媚肉がまとわりついて、逃がさないとばかりに締めつけてくる。

それが心地よくて、指使いがより熱心に執拗になっていく。

「あっ、あぁん……っ、はうぅ……、んっ、んんぅ……っ」

愛妻の可愛くて色っぽい声がやっと聞けて、愛が枯渇していた心が満たされていく。

かつて己の心は、乾いているのか飢えているのか分からないほど涸れて、感情が死にかけていた。

それが今や生まれ変わり、操り人形から人間に戻っていくようだった。

――エヴァのおかげだ。これほどの幸福が得られるなんて思いもしなかった。

王子なんて生まれたときから国家の奴隷だ。敬われて傅かれて贅沢な暮らしができる代わりに、人生の自由はない。

生きることすべてに政治が関わっており、進む道は王と議会が決める。

しかも自分は兄王子のスペアだったから、王太子の地位を脅かさないよう、徹底した思想教育が施された。

けれど王太子に何かあったときのために帝王学を仕込まれ、それなのに兄を越えるほど優秀であってはいけない。

さらに国を守る駒となるよう、文官ではなく武官になることが運命づけられていた。

第二王子とは、政治の流れに身を任せ、自分の意思で物事を決められない存在だ。何をするにも許可がいる。

国境紛争への従軍を命じられたときは、これで死ぬんだろうなと己の生に見切りをつけた。

運よく生き残ることができたものの、城に戻れば王位継承者争いが起きる始末。

王太子の派閥から、「戦地で死んでいればよかったものを」との露骨な視線を向けられたのは、さすがにきつかった。

――でもそのおかげでエヴァに出会えた。

オーウェル侯爵家の末裔で〝第一の忠臣〟。永遠の忠誠を捧げてくれる、絶対に裏切らない自分だけの女。

エヴァがこちらへ向ける純粋でまっすぐな思慕に、どれほど癒され、救われたことか。

――君が死ぬまで私のそばにいて愛してくれるなら、なんでもする。

仮に彼女が王位を望んだら簒奪してみせよう。父王も兄王太子も殺して玉座を捧げよう。歴史に愚者として名前を残しても構わない。

それぐらい愛している。

「あぁ……もっ、むりぃ……っ」

己の心に巣食う黒い情念に囚われていたら、彼女の体が崩れ落ちようとしていた。

慌てて蜜路から指を引き抜いた途端、肢体を大きく震わせるエヴァが上体を倒す。彼女の両肩をつかんで受け止めた。

「すまん。熱中しすぎた」

どうやら無意識に、彼女の好いところばかりまさぐっていたようだ。

止めどなく垂れた蜜で、こちらの草叢までべったりと濡れている。しかもちょうど蜜口に、一物の先っぽが当たっている。

濡れた肉びらがうねって、敏感な先端に吸いつくのが気持ちいい。でもそれだけでは全然足りなくて、もっと大きな快感が欲しくて焦れてしまう。

まだエヴァは汗だくで呼吸が乱れているから、このまま休ませるべきだと思う。それなのに己の理性がぶち切れそうで、彼女を心ゆくまで犯したいとの衝動が突き上げてくる。

自分はもっと忍耐強かったはずだが、彼女のことになると自制が利かなかった。

おそらく自分はエヴァの手のひらで転がされている。彼女は否定するだろうし自覚もないようだが、間違いない。

そして自分はそれが心地いいと思うのだから、終わってる。

――でも国に操られるより、君に操られた方が、ずっといい。

彼女のくびれた細い腰を両手でつかみ、グッと下方へ押し下げる。鈴口が肉の輪を広げようとするのを感じた。

「あっ！　まって……っ」

「待たない」

本当にこれ以上焦らされたら頭が破裂しそうだ。縋るような彼女の眼差しに笑顔で拒否すると、さらに肢体を下げて、同時に腰を浮かせて蜜路を貫く。

「ふうぅっ……！」

根元まで挿れた瞬間、熱いうねりに襲われて、最奥に吸い込まれそうな快感を覚えた。

「ああ……いいな……」

夫の形に沿って媚肉が隙間なく抱き締め、精を飲み込もうと淫らに絞ってくる。その圧迫感が心地よくてたまらない。

しかし互いに寝転んだ状況では動きにくい。妻を抱き締めて密着したまま体を起こす。

「あぁんっ、うごかないでぇ……っ」

抜き差ししなくても、体位を変えるだけで媚肉と肉棒がこすれて気持ちいい。

ただ、エヴァは挿入しただけで強すぎる快楽を浴びるらしく、いつもなら挿れた直後は彼女の気持ちが落ち着くまで待っていた。

けれど今は彼女の奉仕する姿に煽られ、自分も追い詰められている。それほどもたないから一発出させてほしい。

結合したまま彼女の背中をそっとシーツに倒す。正常位で腰を振り始めた。

「やぁっ、まってまだなのぉ……っ、あっあっ、あぁん……っ、わたし、あぁ……はあぁ……っ！」

ガツガツと激しく腰を打ちつけ、豊かな乳房を揉み込み、胸の尖りに吸いついては甘噛みする。ときどき腰を回して膣道全体をまんべんなくこすれば、エヴァは啼きながら剛直を締めつけて善がっていた。

ひどく取り乱して悶えながら涙を零す艶姿は、ものすごく妖艶で美しく、ますます興奮して彼女の体を攻め立てるのが止まらない。

局部から立ち上るゾクゾクする快感が、だんだん強くなってくる。己の限界がすぐそこまで来ている。

彼女の声もいつもより高音になって、切羽詰まったものを感じさせる。

「ひぁっ、あぁっ、あぁんっ、もぉ、だめなのぉ……んあぁっ、ディーンッ、ディーン……ッ！」

「──ッ！」

頭の中で何かが切れたような気がした。

無我夢中で彼女を抱き締めて唇を塞ぎ、獣みたいに腰を振りたくる。膣の締まりを堪能しながら、しつこく彼女の唇を吸って最奥を幾度も突き上げる。

静かな部屋に肉を打つ乾いた音と、彼女の喘ぎと嬌声が響き、蜜が周囲にはじけ飛ぶ。

エヴァが悲鳴を上げて背中を仰け反らしたとき、肉槍を食いちぎる勢いで媚肉が収縮した。

「ガァッ！」

強烈な快感に従って自制を解き、彼女にしがみついて最奥で精を放つ。

頭部が吹っ飛びそうなほどの恍惚だった。

気持ちよすぎて馬鹿みたいな呻き声が漏れてしまい、口を閉じたいのに頭が真っ白になって制御が利かない。

もう激情が収まるまで柔らかい体を抱き締めていた。

……しばらくしてようやく落ち着いてきたものの、まだ分身は元気すぎるほど元気で、ギンギンに硬く反り返っている。

さてどうするかと小さく悩みつつ体を起こすと、エヴァは性の愉悦にどっぷりと浸かって、のぼせたような表情になっていた。

「大丈夫か？」

「……ふぇぇ」

舌ったらずな返事が可愛くて、もっと啼かせたいとムラムラしてくる。

情動に煽られ、結合部へ体重をかけてみた。

「あぁんっ！」

それだけでよく締まって気持ちいい。……ああもう、よすぎて止まりそうにない。

「今日はこのまま部屋にこもっていよう。仕事はすべて明日に回す」

「え、あ……あんんっ！　だめ……まだ、あかるい……」

「夜にならないと妻を愛してはいけない決まりなんてない」

夫婦喧嘩をした後、さらに王城に軟禁されたので、まったくエヴァが足りてない。

弱々しく夫の肉体を押し戻そうとする手を握り、隙間なく指を絡めてシーツに縫いつけ、執拗に腰を打ちつける。抗議は口づけで封じておく。

その日は夕食も自ら妻に食べさせ、何度も押し倒し、精が空になるまで彼女の腹の奥へ注ぎ続けていた。

エピローグ

「チェックメイト」

ディーンの笑いを含んだ声がサロンに響く。

チェスの勝負で十戦十敗となったエヴァは、悔しさのあまり目尻に涙を浮かべた。

「ううぅ～～～」

「まさか君が……、フフッ、これほどチェスが弱いとは思わなかった。クク……ッ」

なんでもそつなすこなすエヴァの派手な負けっぷりに、ディーンは意外すぎて本音が漏れている。

二人のそばで対戦を見守っていたブルーノも、不思議そうな表情で頷いた。

「義母上(ははうえ)って頭の回転は速いのに、チェスだけは苦手なんですよね」

「……なんか、早く勝ちたいって気持ちが先走っちゃって……」

ディーンが楽しそうな表情で、「もう一戦、やるか?」と聞いてくる。

傷口に塩を塗らないでほしい。

「……いえ。そろそろ時間だと思うので」

なぜチェスをやっているのかというと、本日、ブルーノが全寮制の寄宿学校に入るため、エヴァが朝から落ち着かず、気を紛らわせようとディーンがボードゲームに誘ったのだ。

現在、オーウェル侯爵邸での事件から一ヶ月近くが経過して、新年になっている。

ユリストン王国の学校は一月から新年度が始まるため、それに合わせてブルーノは勉強をやり直したいと強く望んだ。

現在の父親の姿を反面教師にしたという。

オーウェル侯爵はすでに隠居して、侯爵領の片隅にある、こじんまりとした屋敷で静かに暮らしている。

約束通り貴族の体裁をたもった生活は送れるものの、爵位も領地も何もかもエヴァに譲ったため、本人が得るものなど何もない。生活費もディーンが送り込んだ使用人が管理しており、自由に使うことさえできない。

そのうえ長年の放蕩で社交界から嫌われ、人間関係が途切れており、訪れる人もなければ手紙一つ届かない。しかも無趣味なので、一族の墓を見守る以外は読書しかすることがない。

そのような日々にすっかり気力を失くして、ぼんやりと暮らしていた。

ブルーノはそんな父親の姿にショックを受けたものの、反省もしたらしい。優しいエヴァのもとにいたら甘えて堕落してしまうと。

そこで貴族が学ぶ学園に入り、公爵邸から出ることを決めた。

『義父上(ちちうえ)はオーウェル侯爵位を継がせるとおっしゃいましたが、侯爵家の歴史と名誉を守ることができなかった僕には、爵位を継ぐ資格はありません。それにやっぱり〝第一の忠臣〟は武官の方がふさわしいと思うのです』

武官の方がふさわしいとの言葉に、ディーンもエヴァも反論できなかった。歴代のオーウェル侯爵で文官だった人は、ほとんどいないのだ。

そこでディーンは義息子の意思を尊重し、寄宿学校への入学を認めた。

けれどもし、ラグロフト公爵夫妻に男児が生まれなかった場合は、オーウェル侯爵位を継ぐことを約束させた。

そして本日が出立の日になる。

荷物を馬車に詰め終わったと執事が呼びに来たため、エヴァとディーンは見送りにエントランスへ向かう。

荷物を積んだ数台の馬車を認めたエヴァは、涙目になってしまった。

「ブルーノ、本当に行っちゃうのね……」

この子はつらい幼少期を送っている。

父親は愛人を作り、息子の養育は使用人と家庭教師に任せっぱなし。

母親は夫の浮気に愛想をつかして、息子を産むとすぐに実家へ戻った。その後、恋人と夫婦同然で暮らし始めたため、ブルーノは母親と会ったことさえない。

だからこそエヴァは、たくさん可愛がって幸せにしたいと思っていた。それなのに、わずか一ヶ月足らずでお別れになるなんて。

本人から、環境を変えて自立したいと言われたときは絶句した。

ディーンに相談しても、『私が従騎士になったのは十二歳のときだから、いいんじゃないか？』とあっさり賛成してしまうし……

「では義父上、義母上、行ってきます！」

ブルーノは晴れやかな表情で旅立っていった。別れを惜しむエヴァと違い、なんともたくましい。

どうも彼を抑圧していた父親から解放されて、本来の闊達さを取り戻したようだ。

すべてから自由になったブルーノはとても生き生きしている。……自分だけ子離れができなかった。

がっくりと肩を落とせば、ディーンが妻の腰を抱き寄せる。

「君は息子が生まれたら、甘い母親になりそうだな」

「どうでしょう……。ブルーノは体が弱いので厳しくしなかったのですが、健康だったら剣術や体術を教えたでしょうし……」

その言葉にディーンが小さく噴き出した。

「頼もしい母親だな。考えてみれば君と剣で手合わせしたことがない。一度、模擬戦をやってみるか？」

エヴァの表情がパッと明るくなる。

「ありがとうございます！　相手にならないと思いますが、ぜひ――」

「ちょおっ、駄目ですって奥様！」

話の途中でブラッドの悲鳴混じりの声が背後から響いた。

ディーンがうんざりとした表情で振り向く。

「おまえは心配性だな。私が大事な妻に怪我をさせるとでも？」

「そうではありません。既婚女性は体の変化がありますので、騎士団でも女性騎士がいれば慎重になるのです」

つまりエヴァが妊娠していたら危険だと示唆したのだ。

それを聞いたディーンは、あっさりと意見をひるがえす。

「それもそうだな。やはりやめておこう」

「残念です……」

エヴァがしょぼんと肩を落とした。

微笑むディーンは屋敷に入りながら妻の背中を撫でる。

「まあ、そろそろ剣を手放してもいいいんじゃないか？　最近は筋力も落ちていると言ってただろ？」

朝の鍛錬ができない日々が続いているため、筋肉が徐々に衰えているのだ。毎晩のようにディーンに抱かれているから、朝はぎりぎりまで起きられない。

そうですね、とエヴァは消極的に頷きながら思う。確かにそろそろ潮時なのかもしれないと。

ディーンとの結婚が決まったとき、普通の縁談ではないと察していたため、臣下として彼を守る意識で嫁いだ。

初夜で忠誠を誓うことができて、オーウェル一族として矜持も守られ、嬉しかった。

けれど今は臣下ではなく、本当の意味で妻になった。主人の盾になるどころか、夫が自分を守るために戦おうとする。

大人しく守られることが今の自分の役目なのだ。

それは今まで築き上げたものを手放すことにもなるから、正直なところ名残惜しくて寂しい。けれどディーンが安心するなら、これもまた幸福の一つなのだと納得できる。

「……剣を手放す時期だと思いますが、オーウェル侯爵家に伝わる剣舞があるので、それだけは子どもが生まれたら教えてあげたいです」

「そんなものがあるのか！　それは私も見てみたい」

「あ、興味あります？」

このとき公爵夫妻の視線が、同時にブラッドへ向けられた。

「えぇ……そんな目で見ないでくださいよぉ。剣舞って練習でも真剣を使いますよね……？」

危ないから駄目だと言いたいらしい。

するとディーンが、背中を屈めて妻の耳元に整った顔を寄せ、「ブラッドにこうして言ってみろ」と耳打ちした。

エヴァはふんふんと頷き、ブラッドに近づくと両手の指を組んで上目遣いに見つめる。

「お願いです、危険なことはしないと誓いますので、どうか私を修練場へ入れてください」

ディーンに言われた通り縋るような眼差しで訴えてみると、ブラッドは自分の胸を押さえて、「グァ……ッ！」と変な声で呻いている。

「わ、分かり、ました……修練場を、開けておきます、ので……」

エヴァに背を向け、ギロッと主人を睨みつけてから脱兎のごとく走り出した。

まさかこれほどあっさり許可が出るとは思わなかったので、ものすごく驚いてしまう。

「お許しをいただいちゃいました」

「男は馬鹿な生き物だからな」

ディーンが手で口を押さえて笑いをこらえている。が、こらえ切れていない。

エヴァにはさっぱり意味が分からなかったが、それでも初めて修練場に入れることに喜んだ。

笑いを収めたディーンは、ブラッドが消えた方角を見ながら呟く。

「あいつ、結婚相手の理想が高くなっていそうだな」

「そうなんですか。チアーズ総長なら、高位貴族のご令嬢でも嫁いでくださると思いますけど」

彼は伯爵家の三男坊だが、チアーズ子爵家の当主であり、ディーンの側近でもある。彼と縁を結べばラグロフト公爵家とつながるのだ。

それに見目も悪くない。金髪碧眼の男らしい容貌で、美形のディーンのそばにいるから目立たないだけだ。

どうして結婚しないのかしら？　と今になって不思議に思った。

「奴の実家からかなりの縁談が舞い込んでいるんだが、興味がないらしい」

「では生涯、ディーン様にお仕えするのかもしれませんね」

「他の女に目が行かないだけだろ」

「まあ、チアーズ総長に想い人が？」

「というか、人間は狭い範囲にいる相手を強く意識するからな。私の護衛を外せば目が覚めるだろう」

クックックッ、と笑うその表情が……なんというか黒い。理由は分からないが直視できない腹黒さを感じて、そっと視線を逸らした。

「では、動きやすい服に着替えてまいりますね」

「あるのか？　そういうの」

「あります！」

嫁入りのときに持参しているのだ。

エヴァは自室へ向かうと、衣裳部屋から鍛錬のときに使う服とパズル箱を取り出した。鍵を開けて長剣を持ち上げる。

久しぶりの冷たい感触に、これを贈ってくれた父親を思い出した。

父は剣術や体術だけでなく、オーウェル一族として多くのことを教えてくれた。その父が愛し、祖先が守り続けてきた領地と爵位は、いま自分のものになっている。

もし領地が返還され、侯爵領をディーンが望まなかったら、王領になっていずれどこかの貴族に下賜されただろう。

新領主が領民に厳しく当たる人だったら、父にも先祖にも申し訳が立たないところだった。

ディーンに心から感謝する。

彼はたいしたことではないと、エヴァが喜んでいることに喜んでくれた。ラグロフト公爵領の運営で忙しくしている彼にとって、飛び地となるオーウェル侯爵領など必要ないどころか、煩雑(はんざつ)な仕事が増えるだけなのに。

――私のためだけに手を尽くしてくれた。

ぎゅっと長剣を両手で握り締める。

彼に誓い、捧げるのは、忠誠ではなく愛情だ。だから愛刀と言えるこれは、もう自分に必要ない。

素直にそう思えることが嬉しくて幸せだった。

「――エヴァ?　どこだ?」

寝所からこちらの部屋に入ってきたらしい彼の声がする。

「はい、ここにいますよ。――ディーン」

二人きりのときは、彼の名前に様をつけないようにしている。最近ではようやく慣れてきた。

いずれ遠くない未来に、話し方も変わっていく予感がする。

彼も喜んでくれるだろう。

エヴァは幸福の笑みを浮かべ、愛する人のもとへ足を向けた。

あとがき

こんにちは。筆者をご存じでない方へは、初めまして。佐木ささめと申します。

このたびは『愛のない契約結婚のはずですが、王子で公爵なダンナ様に何故か溺愛される毎日です！』をお手に取っていただき、まことにありがとうございます。

本作は筆者にとって、ガブリエラブックス様から上梓した二冊目の作品になります。

前作は婚約破棄がテーマで、今作は契約結婚、しかも「君を愛することはない」から始まる夫婦の物語です。

このフレーズで始まる話が私は大好きでして、某投稿小説サイト様でもよく読んでいました。今、「君を愛することはない」で投稿作品を検索すると、八十作品もヒットします（二〇二三年六月時点）。

ちなみに「お前を愛することはない」等、セリフが違ったりする作品は検索に含まれませんので、実際はもっと数が多いですね。

大好きなテーマの物語を書かせていただき、ガブリエラブックス編集部様には感謝しております。

今回、「君を愛することはない」を告げるヒーローのディーンは、王子様ですがとても誠実で優しい人です。なので「君を愛することはないが、幸せになってほしい」なんて矛盾したことを言ってしまいます。

彼は騎士として誇り高く生きてきたのもあって、自分にとって守るべき弱者、つまり女性に対して基本的に甘いんですよね（敵になる者、害になる者は除く）。

元婚約者に対しても作中ではそっけないですが、婚約期間中は礼儀正しく丁寧に接し、彼女のわがままをできる限り叶えていました。

まあだからこそ、元婚約者は夫と不仲になった途端、ディーンとの楽しかった思い出を懐かしんで粘着したのですが……

しかしディーンは彼女が原因で、「結婚って地獄の入り口だな」とウンザリしていました。

そのためエヴァとの結婚もまったく期待しておらず、婚約期間中は忙しさを理由にデートにも誘わない有り様。

ところがそんな価値観をひっくり返す男前な嫁であると知って、たぶん一目惚れに近かったんでしょうね。

微妙に女運の悪いディーンですが、最後の最後で幸運を引き寄せたようです。よかったですねぇ。

話は変わりますが、作中でディーンが、もしエヴァが王位を望んだら父王も兄王太子も殺して〜って物騒なことを考えているじゃないですか。でも兄弟仲は結構いいんです。

王太子は物語に関わらないのでほとんど出てきませんが、ディーンがオーウェル侯爵領を手に入れるために王城へ行ってるときも、実はお兄ちゃんに相談していました。

そのときの会話がこれです。

……平民女性と結婚し、王城から逃げるように臣籍降下した弟が、朝早くから先触れなしにやって来た。

「ディーン……、朝食もまだの時間に訪ねてくるとは、マナー違反というより常識外れだよ。戦争でも起こしたのかと本気で焦ったじゃないか」

「息の根を止めたい者はおりますが、行動に移してはおりません」

「おまえが言うと冗談に聞こえないからやめなさい。——で、何があった？」

王太子の私室で面会したディーンは、顔色があまりよくない。

王城どころか社交界からも距離を置いている弟が、こうして連絡もなく早朝に訪ねてくるなど、対処できない問題が起きているとしか思えない。

やはり隣国のことか。と覚悟を決めた王太子だったが。

「……妻を泣かせてしまって」

「はいぃ？」

恥ずかしいほど変な声が出た。どれほど深刻な事態になっているのか戦々恐々としていたら、このセリフだ。

「夫婦喧嘩したってこと？」と聞けば、弟は小さく頷いた。なんでも没落寸前のオーウェル侯爵家について意見が分かれ、そのことで一方的に泣かせてしまったという。

「妻の不安を鎮めるには、オーウェル侯爵家が落ち着かないといけません。無能当主を殺して爵位を継いだ嫡男を養子に迎えようかと――」

「待ったぁ！　おまえっ、武力にものを言わせて解決するのはやめなさい！」

「バレないようにするつもりですが」

「絶対に駄目！」

「やっぱり駄目ですか……。ではせめて領地が返還されたら、妻に渡したいと思います」


……と、お兄ちゃんを巻き込んで王城で色々とやっていました。

本当はもっと長い会話になるんですが、あとがきも終わりに近づいてきたため、ここまでで……

またまた話は変わりますが、今作のイラストを担当してくださったのは、すらだまみ先生です。

格好よくて勇ましいディーンと、食べちゃいたいぐらい可愛いエヴァを描いていただき、本当にありがとうございます。キャララフをいただいたときから、私の脳内では物語に合わせてイラストの二人が動き回っていました。

そしてお世話になっております編集部の方々、本作の刊行に関わってくださった皆様方、最後まで読んでくださった読者様、心より感謝申し上げます。

またいつかどこかで、お会いできる日を願って。

佐木ささめ

ガブリエラブックスをお買い上げいただきありがとうございます。
佐木ささめ先生・すらだまみ先生へのファンレターはこちらへお送りください。

〒110-0016　東京都台東区台東4-27-5（株）メディアソフト
ガブリエラブックス編集部気付　佐木ささめ先生／すらだまみ先生 宛

MGB-094

愛のない契約結婚のはずですが、王子で公爵なダンナ様に何故か溺愛される毎日です！

2023年8月15日 第1刷発行

著　者　佐木ささめ
装　画　すらだまみ
発行人　日向晶
発　行　株式会社メディアソフト
〒110-0016
東京都台東区台東4-27-5
TEL：03-5688-7559　FAX：03-5688-3512
https://www.media-soft.biz/
発　売　株式会社三交社
〒110-0015
東京都台東区東上野1-7-15
ヒューリック東上野一丁目ビル３階
TEL：03-5826-4424　FAX：03-5826-4425
https://www.sanko-sha.com/
印　刷　中央精版印刷株式会社
フォーマットデザイン　小石川ふに（deconeco）
装　丁　吉野知栄（CoCo.Design）

ISBN 978-4-8155-4320-4